W0396830

David Sedaris est né aux États-Unis en 1956. Il est l'auteur de six best-sellers traduits dans plus de vingt-cinq pays. Véritable phénomène outre-Atlantique, il est le seul écrivain à avoir rempli Carnegie Hall. Contributeur régulier du *New Yorker*, il écrit également pour la radio et le théâtre. Il vit entre New York, la Normandie et Paris.

DU MÊME AUTEUR

Tout nu
Florent Massot, 1999
et « J'ai lu », n° 5419

Je parler français
Florent Massot, 2000

Delirium tremens
Florent Massot, 2001
et « J'ai lu », n° 6318

Habillés pour l'hiver
Plon, 2006
et « 10/18 », n° 4033

Je suis très à cheval sur les principes
Éditions de l'Olivier, 2009
et « Points », n° P2401

David Sedaris

N'EXAGÉRONS RIEN !

Traduit de l'anglais (États-Unis)
par Nicolas Richard

Éditions de l'Olivier

Ce livre est une anthologie réalisée à partir de plusieurs recueils
de nouvelles publiés chez Little, Brown and Company :
Barrel Fever (1994), *Naked* (1997) et *Me Talk Pretty One Day* (2000).
Ces recueils ont paru dans leur intégralité, et dans une autre traduction,
chez Florent Massot en 1999, 2000 et 2001.

© David Sedaris, 1994, 1997 et 2000

TEXTE INTÉGRAL

ISBN 978-2-7578-2283-8
(ISBN 978-2-87929-719-4, 1re publication)

© Éditions de l'Olivier, pour la présente anthologie
et pour l'édition en langue française, 2010

Le Code de la propriété intellectuelle interdit les copies ou reproductions destinées à une utilisation collective. Toute représentation ou reproduction intégrale ou partielle faite par quelque procédé que ce soit, sans le consentement de l'auteur ou de ses ayants cause, est illicite et constitue une contrefaçon sanctionnée par les articles L. 335-2 et suivants du Code de la propriété intellectuelle.

Le pays du père Noël

J'étais dans un café, je parcourais les offres d'emploi, quand je suis tombé sur ceci : « Le Macy's de Herald Square, le plus grand magasin au monde, propose de formidables opportunités aux gens de toutes formes et de toutes tailles, ayant un bon contact et aimant s'amuser, qui veulent plus qu'un simple petit boulot pour les vacances ! Travailler comme lutin au pays de Noël de Macy's signifie être au cœur de l'excitation… »

J'ai entouré l'annonce puis j'ai ri bien fort à cette perspective. Le type assis à côté de moi s'est retourné sur son tabouret pour voir si j'étais cinglé. J'ai continué à rire, doucement. Hier, j'ai postulé chez UPS. Ils embauchent des assistants conducteurs pour la période de Noël qui approche et je me suis rendu à leur quartier général empli d'espoir. Une fois que je me suis retrouvé dans la queue au milieu de trois cents autres hommes et femmes, mon espoir s'est amenuisé. Durant le bref entretien, on m'a demandé pourquoi je voulais travailler pour UPS et j'ai répondu que je voulais travailler pour UPS parce que j'aimais les uniformes marron. Ils s'attendaient à ce que je dise quoi ?

« J'aimerais travailler pour UPS parce qu'à mon avis c'est une occasion de mettre en pratique mes remarquables qualités de meneur d'hommes au sein de l'une des plus performantes sociétés privées de livraison et de distribution que ce pays ait vues depuis le Pony Express ! »

J'ai dit que j'aimais les uniformes et la personne qui faisait passer l'entretien a retourné ma feuille de candidature sur son bureau et m'a dit : « Arrêtez votre cinéma. »

En rentrant à la maison cet après-midi, j'ai écouté mon répondeur dans l'espoir qu'il y ait un message d'UPS, mais le seul message venait de Sallie Mae, la société qui s'occupe de mon prêt étudiant. Le nom Sallie Mae évoque une paysanne naïve, pieds nus, mais il s'agit en fait d'un impitoyable et agressif conglomérat de brutes situé dans un grand bâtiment de brique au beau milieu du Kansas. J'imagine que c'est le plus grand bâtiment de cet État et je suis certain qu'ils embauchent leurs employés directement à la sortie de prison. Ça me fait peur.

Chez Macy's, on m'a demandé : « Vous souhaiteriez être lutin à plein temps ou lutin du soir et du week-end ? »

J'ai répondu : « Lutin à plein temps. »

J'ai rendez-vous mercredi prochain à midi.

Je suis un homme de trente-trois ans qui postule à un emploi de lutin.

Dans la rue, je vois souvent des gens déguisés en objets distribuer des prospectus. J'ai plutôt tendance à éviter les prospectus, mais ça me fend le cœur de voir un adulte déguisé en taco. S'il y a un déguisement, je vais non seulement accepter le prospectus, mais l'accepter gracieusement en disant : « Merci mille fois », tout en songeant : « Pauvre fils de pute pitoyable. Je ne sais pas ce que tu as, mais j'espère que je ne l'attraperai jamais. » Cet après-midi, sur Lexington Avenue, j'ai accepté un prospectus d'un homme déguisé en caméscope. Hot dogs, cacahouètes, tacos, caméras vidéo, ces choses m'attristent parce qu'elles ne sont pas à leur place dans la rue. Dans un défilé, peut-être, mais pas dans la rue. Je me dis qu'au moins, en tant que lutin, je serai à ma place : dans le village de Noël avec tous les autres lutins. Nous résiderons dans un floconneux pays merveilleux au milieu de cannes en sucre d'orge et de cabanes en pain d'épice. Ce ne sera pas tout à fait aussi triste que de poireauter à un coin de rue déguisé en frite.

Je tâche de voir le bon côté des choses. Je suis arrivé à New York il y a trois semaines, avec de grands espoirs, espoirs qui ont été mis à rude épreuve. Dans mon esprit, je me voyais aller directement de Penn Station aux bureaux d'*On ne vit qu'une fois*, où je posais mon sac et me faisais tout beau avant d'aller écluser quelques verres en compagnie de Cord Roberts et Victoria Buchanan, les principales vedettes du feuilleton. Nous nous installions dans le box somptueux d'un bar chic où mes nouveaux amis célèbres levaient leurs verres givrés dans ma direction en disant : « Buvons à la santé de David Sedaris, le meilleur auteur que ce feuilleton ait jamais eu !!! »

Je répondais : « Arrêtez, pas de ça, je vous en prie. » Mon plan était de la jouer modeste.

Les gens aux tables alentour nous regardaient fixement en chuchotant : « Ce n'est pas… ? Ce n'est pas… ? »

Je serais peut-être distrait par leur enthousiasme et Victoria Buchanan poserait alors sa main sur la mienne en me disant que j'avais intérêt à m'habituer à être le centre de l'attention.

Mais au lieu de cela je postule à un emploi de lutin. Pire encore que le fait de postuler, il y a la possibilité bien réelle que je ne sois pas engagé, que je ne puisse même pas trouver de travail en tant que lutin. C'est là qu'on se rend compte qu'on a échoué.

Cet après-midi, j'étais assis dans les bureaux du pays de Noël, au septième étage, et on m'a dit : « Félicitations, monsieur Sedaris, vous êtes un lutin. »

Afin de devenir lutin, j'ai rempli une dizaine de pages de formulaires, passé un test de personnalité à choix multiples, deux entretiens et fait une analyse d'urine pour détecter l'éventuelle présence de drogue. Le premier entretien a été général, il avait pour but d'éliminer les inadaptés sociaux évidents. Au cours du second entretien, on nous a demandé pourquoi nous voulions être des lutins. C'est toujours une question problématique. J'ai écouté la femme qui passait avant moi, une ex-serveuse, répondre à la question en disant : « Je veux vraiment être un lutin… ? Parce que je pense que ça a à voir avec le jeu d'acteur… ? Et avant ça, je travaillais dans un restaurant… ? Qui était tenu par une femme vraiment formidable qui rêvait d'ouvrir un restaurant… ? Et c'est comme ça que je me suis rendu compte qu'il est très très… important d'avoir un… rêve… ? »

Tout ce que disait cette femme, chaque phrase, chaque proposition, était ponctué d'un point d'interrogation et la personne qui faisait passer l'entretien n'a pas tiqué une seule fois.

Lorsque mon tour est venu, j'ai expliqué que je voulais devenir lutin car c'était une des plus effrayantes opportunités de carrière que j'avais jamais eues. Mon interlocutrice a levé les yeux de mon formulaire et a fait : « Et alors ? »

Je suis sûr d'avoir échoué au test de dépistage de drogue. Des mégots de pétards et des tiges de cannabis flottaient dans mon urine, mais ils m'ont quand même engagé parce que je suis petit, un mètre soixante-cinq. Pratiquement tous ceux qu'ils embauchent sont petits. Il y a même un nain. Après le second entretien, on m'a conduit dans le bureau du directeur, où on m'a montré un plan de tous les niveaux. Les jours de grande activité, vingt-deux mille personnes rendent visite au père Noël, et on m'a dit que le lot du lutin était de demeurer joyeux face au tourment et à l'adversité. J'ai promis de garder cela à l'esprit.

J'ai passé ma journée de huit heures avec cinquante lutins et un formateur plein d'entrain et de bonnes intentions dans une gigantesque salle de classe de Macy's où s'alignaient des NCR 2152. Une 2152, ai-je fini par comprendre, c'est une caisse enregistreuse. La classe a été séparée en plusieurs groupes d'étude ayant chacun des exercices à faire. Dans mon groupe, il y avait des lutins qui rempilaient et quelques caissiers expérimentés qui ont essayé de m'aider en me disant des choses comme : « Tu ne connais même pas ton numéro d'identité personnel ? Bon sang, le mien, à dix heures du matin, je le connaissais par cœur. »

Tout ce qui a trait aux caisses enregistreuses m'intimide. Chaque procédure implique une série de codes : il y a des numéros différents pour le liquide, les chèques et chaque type de carte de crédit. Le terme *annulation* s'impose désormais comme le mot le plus abominable de mon vocabulaire. Les *annulations* sont un cauchemar de paperasserie et de nombres codés, le tout en triple exemplaire, et visé par l'employé et son supérieur.

Depuis que je suis sorti du bâtiment, une image me hante : je me fais lapider par d'impétueux clients furibards, poussés à bout par mon absence totale de compétence. Je me dis que je vais simplement ouvrir de force ma caisse enregistreuse et accepter tout ce qu'ils voudront bien me donner – perles, liquide, montres, tout ce qu'ils voudront. Je négocierai et ferai du troc. Je passerai leurs cartes de crédit au sabot, écrirai « Sympa de vous avoir rencontré ! » au bas du ticket de carte bleue et on en restera là.

Tout ce que nous vendons au pays de Noël, ce sont des photos. Les gens s'assoient sur les genoux du père Noël et prennent la pose. Le lutin photo leur remet un bordereau avec un numéro imprimé dans la partie supérieure. Le formulaire est rempli par un autre lutin et le cliché arrive par courrier des semaines plus tard. Donc, en définitive, ce que nous vendons c'est l'idée d'une photographie. Une idée coûte neuf dollars, trois idées dix-huit.

Dans mon pire cauchemar il y a vingt-deux mille personnes par jour debout devant ma caisse enregistreuse. Je ne serai pas toujours à la caisse, juste une fois de temps en temps. Le pire dans tout ça, c'est que, dès que j'ai accumulé trois cents dollars, je dois en mettre deux cents de côté, remplir une demi-douzaine de formulaires et déposer l'enveloppe de liquide au rayon porcelaine ou bien au coffre-fort, sur le balcon, au-dessus du rez-de-chaussée. Je n'ai pas le droit de me changer avant. Je dois y aller habillé en lutin. Un lutin au pays de Noël c'est une chose, un lutin au rayon sport c'est autre chose.

Cet après-midi nous avons eu droit à des exposés et des discours dans une salle de conférences sans fenêtre, remplie à ras bord de tables et de sièges en plastique. On nous a dit qu'au cours de la deuxième semaine de décembre le pays de Noël accueillait l'opération spéciale enfants, pendant laquelle des gamins défavorisés recevront gratuitement des cadeaux offerts par le magasin. Une autre matinée est réservée aux enfants atteints de maladies très graves ou affectés de déformations. Ce jour-là, un lutin a pour mission de souhaiter la bienvenue à l'enfant devant le sapin magique et de revenir en courant à la cabane pour prévenir notre père Noël.

« Le suivant n'a pas de nez » ou « Crystal est brûlée au troisième degré sur quatre-vingt-dix pour cent du corps ».

Pas de nez. Avec ces enfants-là, le père Noël doit faire attention à ne pas demander : « Et *toi* qu'aimerais-tu avoir pour Noël ? »

Nous avons eu droit à un speech du responsable de la sécurité qui nous a dit que le Macy's de Herald Square subissait chaque année des millions de dollars de fauche de la part du personnel. Par conséquent, le magasin traite ses employés comme on traiterait des criminels ayant un casier judiciaire chargé. Des récompenses en liquide sont offertes lorsqu'on dénonce des gens et nos sacs sont fouillés chaque fois qu'on quitte le magasin. On nous a fait voir des vidéos montrant de prétendus anciens employés piteux, tête baissée, regrettant amèrement d'avoir eu l'idée de voler cette veste en cuir. Les personnes concernées expliquaient face à la caméra que leur arrestation avait fichu en l'air des amitiés, leur vie de famille et, en définitive, leur avenir.

Un gars regardait fixement ses mains en soupirant : « Il n'y a plus aucune chance que j'intègre la fac de droit. C'est terminé. Après ce que j'ai fait. Terminé, je suis grillé. » Il se taisait, secouait la tête en repensant à ce désagréable souvenir. « Pff, après un truc comme ça, c'est foutu. »

Une fille seule, songeuse, était assise dans un café, les yeux rivés sur sa tasse, puis disait en gémissant : « Je me souviens, après le travail, on sortait ensemble, avec tous les amis de Macy's. C'était le bon vieux temps. Je les adorais, tous ces gens. » Elle regardait dans le vide quelques instants avant de continuer : « Eh bien, inutile de dire que ces amis n'appellent plus. Cette fois-ci, j'ai *vraiment* tout gâché. Pourquoi ai-je fait ça ? Pourquoi ? »

Il y a deux cellules de prison sur le balcon et trois mille voleurs à la tire sont appréhendés chaque année. On nous a demandé d'avoir à l'œil les pickpockets au pays de Noël.

Des spécialistes du langage des sourds sont venus nous apprendre comment dire : « JOYEUX NOËL ! J'AIDE LE PÈRE NOËL. » Ils nous ont dit de parler à haute et intelligible voix en même temps que nous faisons les signes, tout en ayant un visage expressif et enjoué. Ils nous ont appris à dire : « TU ES UN TRÈS JOLI GARÇON/UNE TRÈS JOLIE FILLE ! JE T'AIME. VEUX-TU UNE SURPRISE ? »

Ma sœur Amy a une voisine sourde qui lui a appris quelques rudiments du langage des signes. Elle m'en a enseigné des bribes, si bien que maintenant je sais dire : « LE PÈRE NOËL A UNE TUMEUR AU CERVEAU DE LA TAILLE D'UNE OLIVE. ELLE AURA PEUT-

ÊTRE DISPARU DEMAIN MAIS JE NE LE PENSE PAS. »

Ce matin nous avons eu droit à une conférence des responsables du pays de Noël qui nous ont présenté la plaquette du règlement intitulée *Le Guide des lutins*. La plupart sont d'anciens lutins qui ont gravi les échelons en sucre d'orge mais gardent des souvenirs très vifs de l'époque où ils portaient l'uniforme. Ils ont conclu leur intervention en disant : « Je veux que vous vous souveniez que, même si vous êtes nommé lutin photo un week-end de grande affluence, VOUS N'ÊTES PAS POUR AUTANT L'ESCLAVE DU PÈRE NOËL. »

Dans l'après-midi, on nous a fait visiter le pays de Noël, qui est vraiment quelque chose. C'est superbe, un véritable pays des merveilles, avec dix mille lumières scintillantes, de la fausse neige, des trains électriques, des ponts, des sapins décorés, des pingouins, des ours mécaniques et d'énormes cannes en sucre d'orge. On entre et on chemine dans un labyrinthe, un sentier vous mène d'un environnement festif à un autre. Le sentier débouche au pied du sapin magique. Le sapin est censé figurer un entrelacs de racines mais ressemble à un appareil digestif humain en modèle réduit. Une fois arrivé au sapin magique, il fait plus sombre et un lutin vous guide jusqu'à la maison du père Noël. Les maisons sont douillettes et intimes, remplies de jouets. En sortant de chez le père Noël, vous êtes accueilli par une rangée de caisses enregistreuses.

Nous avons parcouru le sentier une deuxième fois et on nous a communiqué les noms de codes de divers points stratégiques tel « le coin vomi », un mur tout en miroir près du sapin magique où les enfants ayant mal au cœur tendent à régurgiter ce qu'ils ont dans le ventre. Lorsque quelqu'un vomit, le lutin le plus proche est censé s'écrier « VAMOOSE », qui est le nom du produit d'entretien que le magasin utilise. On nous a ensuite emmenés au coin « Oh, mon Dieu », non loin de l'escalier mécanique. En arrivant, les gens voient la longue file d'attente et s'exclament « Oh, mon Dieu ! ». Un lutin a pour mission de les calmer et de leur expliquer qu'il n'y aura pas plus d'une heure d'attente avant de voir le père Noël.

Le même jour, on peut être lutin d'entrée, lutin au distributeur d'eau fraîche, lutin du pont, lutin du train, lutin du labyrinthe, lutin de l'île, lutin à la vitrine magique, lutin de la sortie de secours, lutin compteur, lutin du sapin magique, lutin dispatcheur, lutin du père Noël, lutin photo, lutin placeur, lutin de caisse, lutin messager, ou lutin de sortie. Nous avons eu droit à une démonstration des différentes postures à adopter par des lutins qui rempilaient. Ils étaient si pétulants et si implacablement guillerets que j'ai éprouvé de la gêne à marcher devant eux. Je ne sais pas si je serais capable de regarder quelqu'un droit dans les yeux en m'exclamant : « Oh, juste ciel, je crois que je vois le père Noël ! » ou bien : « Peux-tu fermer les yeux et faire un vœu spécial de Noël ! » Tout ce que disaient ces lutins était ponctué d'un point d'exclamation !!! Ça fait mal à la bouche de s'exprimer avec une joie aussi outrée. Je me sens acculé lorsque quelqu'un me parle sur ce ton. N'est-ce pas le cas de tout le monde ? Je préfère être franc avec les enfants. Je suis plus du genre à dire : « Tu dois être épuisé », ou « Je connais un paquet de gens qui tueraient pour avoir la taille de guêpe que tu as ».

J'ai peur de ne pas pouvoir dispenser l'enthousiasme effréné que réclame le père Noël. Je pense que je vais être un genre de lutin pépère.

Aujourd'hui c'était la répétition générale des lutins. Les vestiaires et les cabines d'essayage se trouvent au septième étage, juste derrière le pays de Noël. Les lutins ont pu faire connaissance au cours des quatre jours de formation, mais à partir du moment où nous avons retiré nos vêtements de ville pour enfiler nos tenues de lutin, tout a changé.

La responsable des costumes nous a remis nos habits en nous sermonnant pour que nous les gardions propres. Elle a brandi un calendrier : « Mesdames, vous savez ce que c'est. Alors servez-vous-en. J'ai frotté suffisamment de sang à l'entrejambe des culottes de lutin pour le restant de mes jours. Et n'allez pas me dire : "Je ne porte pas de culotte, je suis danseuse." Vous n'êtes pas danseuse. Vous seriez une vraie danseuse, vous ne seriez pas ici. Vous êtes un lutin, alors vous allez porter des sous-vêtements comme un lutin. »

Mon costume est vert. Je porte des knickers en velours vert, un pull à col roulé jaune, un sarrau en velours vert sapin et un bonnet de laine pétulant orné de paillettes. C'est mon uniforme de travail.

Mon nom de lutin est Crêpette. On a le droit de se choisir un nom et d'en changer au gré de notre vision du monde neigeux.

Aujourd'hui c'était le jour de l'ouverture officielle du pays de Noël et j'ai travaillé comme lutin à la vitrine magique, lutin du père Noël et lutin placeur. La vitrine magique se trouve dans la file d'attente « rapide coup d'œil » pour adultes. Mon boulot consistait à dire : « Mettez-vous sur l'étoile magique, regardez par la vitre, et vous verrez le père Noël ! » J'étais à la vitrine magique depuis un quart d'heure lorsqu'un homme s'est approché et m'a lancé : « Qu'est-ce que tu as l'air con. »

Je dois reconnaître qu'il n'avait pas tort. Néanmoins, j'ai voulu lui répondre que j'étais payé pour avoir l'air con, alors que lui, manifestement, faisait ça à l'œil. Sauf que je ne peux pas dire des choses pareilles, vu que je suis censé être guilleret.

Alors à la place j'ai dit : « Merci ! »

« Merci ! » comme si j'avais mal compris et cru qu'il avait dit : « Cette tenue vous sied à ravir. »

« Merci ! »

C'était un petit malin musclé qui portait une veste en skaï et un sac de chez Radio Shack. J'aurais dû crier : « Désolé, mon vieux, je ne sors pas avec des garçons. »

Deux familles du New Jersey sont venues ensemble voir le père Noël. Deux maris laids qui parlaient fort, accompagnés de deux femmes et de quatre enfants en tout. Les enfants se sont regroupés autour du père Noël et se sont fait prendre en photo. Quand le père Noël a demandé au garçon de dix ans ce qu'il voulait pour Noël, son père a braillé : « UNE FEMME ! DÉGOTE-LUI UNE FEMME, PÈRE NOËL ! » Ces types étaient très bruyants et agaçants, constamment à rigoler, à se bousculer. Les deux femmes se sont assises sur les genoux du père Noël, se sont fait photographier, et toutes deux ont demandé un lave-vaisselle de la marque Kitchen-Aid et un manteau correct pour l'hiver. Puis les maris se sont assis sur les genoux du père Noël, et lorsqu'on lui a demandé ce qu'il voulait pour Noël, un des deux types a hurlé : « JE VEUX UNE GISQUETTE AVEC DE GROS NICHONS. » Sa femme, qui avait de petits seins, a croisé les bras sur sa poitrine, regardé par terre et serré les dents. Le fils du type a essayé de rigoler.

De nouveau, ce matin, je me suis retrouvé coincé à la vitrine magique, ce qui est vraiment rasoir. Je suis censé me tenir là en disant : « Mettez-vous sur l'étoile magique, et vous verrez le père Noël ! » J'ai répété ça pendant un certain temps puis j'ai changé : « Mettez-vous sur l'étoile magique, et vous verrez Cher ! »

La foule a commencé à être tout excitée. Alors j'ai continué : « Placez-vous sur l'étoile magique, et vous verrez Mike Tyson ! »

Des gens de la file d'attente d'à côté, qui faisaient la queue pour s'asseoir sur les genoux du père Noël, se sont impatientés et ont franchi la barrière pour pouvoir se placer sur mon étoile magique. Puis ils se sont fâchés en voyant le père Noël et non Cher ou Mike Tyson. Honnêtement, qu'espéraient-ils ? Cher est-elle dans une situation financière si critique qu'elle accepterait de se tenir derrière une glace sans tain à Macy's ?

Les clients fâchés ont dû en toucher deux mots à la direction parce qu'on m'a retiré de l'étoile magique pour m'envoyer à l'île du lutin, ce qui est vraiment barbant, vu que la seule chose à faire c'est de rester debout en prenant un air joyeux. À midi, un énorme groupe d'attardés mentaux venu voir le père Noël a défilé devant moi sur ma petite île. Ces gens étaient très arriérés. Ils roulaient des yeux, tiraient la langue et se sont approchés du père Noël en chancelant. Ils étaient nombreux et après les avoir regardés quelques minutes je me suis trouvé dans l'incapacité de dire où la file des arriérés se terminait et où commençait celle des New-Yorkais normaux.

Tout le monde semble attardé à partir du moment où on commence à y réfléchir.

Ce soir j'ai été envoyé pour être lutin photo, un boulot qui m'avait plu, les premières fois. L'appareil est caché dans la cheminée et je prends la photo en appuyant sur un bouton au bout d'un cordon. Les clichés arrivent par la poste des semaines plus tard et il est impossible qu'un lutin soit identifié et tenu pour responsable, il n'empêche, on a quand même envie de faire une bonne photo.

Pendant notre formation on nous a montré des images qui avaient été loupées, les frénésies floues d'un lutin agitant le bras, une prise de vue obstruée à cause d'un animal en peluche, le père Noël en train de bâiller. Après chaque photographie, un lutin doit remettre au client un formulaire numéroté. Un lutin idiot ou fainéant pourrait gâcher une pellicule entière, des familles impatientes paieraient, et ultérieurement recevraient des photographies de parfaits inconnus radieux.

Tirer le portrait de quelqu'un est atrocement révélateur, le mot clé étant *atroce*. Le fait que les parents soient dans la pièce tend à empirer les choses. La politique en vigueur au pays de Noël consiste à prendre une photo de chaque enfant, que les parents peuvent ensuite commander ou refuser. Les gens ont le droit d'apporter leurs propres appareils, caméras vidéo, etc. Ce sont les familles multimédias qui m'épuisent. Les parents qui croulent sous le matériel, implacables dans leur volonté de conserver des traces de chaque instant.

Je les vois dans le labyrinthe avec leurs caméras ordonnant à leurs enfants de prendre un air étonné. « Monica, ma chérie, regarde le train électrique, puis tourne-toi à nouveau vers moi. Non, *vers moi*. Maintenant, fais coucou de la main. Très bien, vas-y, agite bien fort le bras. »

Les parents bloquent la file d'attente et c'est au lutin du labyrinthe de les faire circuler.

« Excusez-moi, monsieur, mais il y a pas mal de monde aujourd'hui, j'apprécierais qu'éventuellement vous terminiez le tournage. Il y a un certain nombre de gens derrière vous. »

Le parent réclame alors que vous vous mettiez à côté de l'enfant et que vous fassiez coucou. J'obéis. Je me place à côté de l'enfant et je salue face à la caméra, en me demandant où je finirai. Je m'imagine à la télé dans une pièce lambrissée à Wapahanset ou Pétaouchnok-les-Prairies. J'imagine la famille en train de se disputer pour la télécommande, appuyant sur le bouton d'avance rapide. Le coucou de l'enfant devient un bref salut. J'apparais à l'image et tout le monde dans la pièce se pose la même question : « Qu'est-ce que ce connard fiche sur la cassette de souvenirs de Noël ? »

L'instant que ces gens attendent c'est la rencontre avec le père Noël. En tant que lutin photo je les regarde entrer dans la pièce et prendre les choses en main.

« Bon, Ellen, je veux que toi et Marcus vous vous teniez devant le père Noël et quand je dis "maintenant" je veux que tu montes sur ses genoux. Regarde-moi. Regarde papa jusqu'à ce que je te dise de regarder le père Noël. »

Il s'adressera à sa femme qui est en charge de l'appareil photo, elle va s'accroupir bien bas au sol avec le posemètre et un Nikon agrémenté de moult accessoires. C'est lourd et elle a les veines du bras gonflées.

Et puis il y a les groupes multimédias qui disent : « Bon, maintenant on va prendre une photo d'Anthony, Damas, Theresa, Doug, Amy, Paul *et* Vanity – est-ce qu'on peut arriver à tous les faire tenir ? Père Noël, vous laisseriez Doug s'installer sur vos épaules, est-ce qu'on peut faire ça ? »

Pendant ces visites, les enfants ont rarement le loisir de discuter de leurs cadeaux avec le père Noël. Ils sont trop accaparés par les directives artistiques de leurs parents.

« Vanity et Damas, regardez par ici, non, *par ici*. Père Noël, pouvez-vous passer votre bras autour d'Amy et secouer la main de Paul en même temps ? C'est bien. Très chouette. »

J'ai vu des parents placer leur enfant sur les genoux du père Noël et se mettre immédiatement à le pomponner : le repeigner, tirer sur l'ourlet de sa tunique, rajuster une cravate. J'ai vu un parent asperger de laque les cheveux de son enfant et traiter le père Noël comme un accessoire factice en ciment, qui tournait la tête et grimaçait à cause de la laque qui lui piquait les yeux.

Les jeunes enfants qui ont entre deux et quatre ans ont souvent peur du père Noël. Ils se fichent qu'on les prenne en photo car ils ignorent ce qu'est une photo. Ils ne sont pas vaniteux, ce sont des bébés. Ce sont des bébés et ils se comportent comme des bébés – ils pleurent. Un lutin photo comprend qu'à partir du moment où un enfant se met à pleurer c'est fichu. Il commence à pleurer dans la maison du père Noël et n'arrête pas avant d'avoir parcouru au moins dix pâtés de maisons.

Quand l'enfant se met à pleurer, le père Noël essaie de le consoler un moment avant de dire : « Nous essaierons peut-être l'année prochaine. »

Les parents avaient prévu d'envoyer les images à la famille et de les mettre dans les albums photo. Ils ont fait la queue pendant plus d'une heure et n'ont pas l'intention de renoncer si facilement. Ce soir, j'ai vu une femme gifler et secouer sa fille qui sanglotait en hurlant : « Bon sang de bonsoir, Rachel, installe-toi sur les genoux du monsieur et souris, sinon je vais te donner une bonne raison de pleurer. »

Je photographie souvent des enfants en larmes. C'est encore plus grotesque de photographier un enfant qui pleure tout en grimaçant un sourire factice. Ce n'est pas tant un sourire qu'une esquisse forcée de sourire. Bizarrement, cela plaît aux parents.

« C'est bien, Rachel, voilà une gentille fille. Maintenant foutons le camp d'ici. Ta mère a un mal de crâne qui ne s'en ira pas avant tes vingt et un ans. »

Au moins un tiers des gens qui rendent visite au père Noël sont des adultes : des couples, et un nombre étonnant d'hommes et de femmes seuls. La plupart des individus venus en solo ne veulent pas s'asseoir sur les genoux du père Noël ; ils s'arrêtent juste pour lui serrer la main et lui souhaiter bonne chance. Souvent les adultes seuls sont des étrangers qui faisaient leurs courses à Macy's et ont été recrutés par le lutin d'entrée dont le boulot consiste à attirer le maximum de gens. L'étranger est tranquillement en train de regarder la porcelaine, et l'instant d'après le voilà devant le sapin magique, où un lutin tenant un compteur grand comme la paume demande à combien ils sont venus, lui et ses amis, pour voir le père Noël.

« Combien êtes-vous dans le groupe ?

– Oui, répond l'étranger.

– "Combien êtes-vous dans le groupe ?" n'est pas une question à laquelle on répond par oui ou par non.

– Oui. »

Un lutin du père Noël le conduit ensuite à la maison du père Noël où le visiteur désorienté et épuisé s'adresse à un barbu en costume rouge à qui il dit :

« Oui, OK. Aujourd'hui, je vais bien. » Il serre la main du père Noël et se précipite, secoué, vers la porte de derrière.

Cet après-midi, un homme est venu voir le père Noël : débraillé, plutôt beau gosse, dans les quarante-cinq ans. J'ai cru que c'était encore un Européen égaré. Alors, pour le rassurer, je lui ai dit que de nombreux adultes rendaient visite au père Noël, que chacun était le bienvenu. Une heure plus tard, j'ai remarqué le même homme, revenu sympathiser avec le père Noël. Je lui ai demandé de quoi lui et le père Noël discutaient, et, d'une voix piteuse et cassée, il a répondu : « Des jouets. De tous les jouets. »

J'ai remarqué comme une entaille sur le côté gauche de son front. On aurait pu loger un gland dans une entaille comme celle-ci. Il a refait la queue et est venu voir le père Noël une troisième fois. Lors de sa dernière visite, il était tellement excité qu'il a fait pipi sur les genoux du père Noël.

Jusqu'à maintenant, au pays de Noël, j'ai vu Simone d'*Hôpital central*, Shawn de *La Force du destin*, le présentateur Walter Cronkite et Phil Collins. L'année dernière, un des lutins a été suspendu après avoir demandé à Goldie Hawn de lui signer un autographe sur la main. Nous avons pour instruction de ne pas importuner les stars.

Walter Cronkite était très grand, et je ne l'aurais probablement pas reconnu si quelqu'un ne me l'avait montré du doigt. Phil Collins était petit et tiré à quatre épingles. Il est venu avec sa fille et trois autres personnes ; je me fiche complètement de Phil Collins, mais j'ai vu des gens susceptibles de s'intéresser à lui et j'ai estimé qu'il était de mon devoir de leur tapoter sur l'épaule pour leur dire : « Regardez, il y a Phil Collins ! »

Nombreux parmi ceux qui viennent voir le père Noël n'habitent pas New York et sont bien contents d'avoir l'occasion de voir une célébrité, cela complète leur expérience new-yorkaise. J'ai montré Phil Collins du doigt et certains ont littéralement couiné de joie. Vu que faire plaisir aux gens relevait de mes prérogatives, cela ne me posait vraiment aucun problème. Phil Collins s'est promené dans le labyrinthe, a tout filmé à l'aide de sa caméra et s'est bien amusé. Une fois arrivé au sapin magique, il n'a plus été possible aux gens du labyrinthe de le voir, alors j'ai commencé à leur dire que s'ils partaient immédiatement et prenaient à droite au bout du couloir, ils pourraient sans doute rattraper Phil Collins après sa rencontre avec le père Noël. C'est donc ce qu'ils ont fait. Ils sont partis. Quand Phil Collins est sorti du pays de Noël, une foule d'une vingtaine de personnes attendait pour avoir des autographes. Lorsque les responsables sont partis à la recherche de celui qui avait vendu la mèche, j'ai fait : « Phil Collins, qui est-ce ? »

J'ai passé quelques heures dans le labyrinthe avec Soufflette, un jeune lutin de Brooklyn. Nous nous trouvions non loin de la forêt de sucettes lorsque nous nous sommes rendu compte que *Santa*, le père Noël, était une anagramme de *Satan*, le diable – si loin et si proche à la fois. Nous avons imaginé un pays de Satan où les visiteurs pataugeraient dans des flaques de sang et d'excréments humains avant d'arriver aux portes de l'enfer, un farfadet hideux au costume de velours roussi les prendrait par la main pour les emmener voir Satan.

À partir du moment où nous avons commencé à y penser, il a été impossible de nous sortir ça de la tête. Lorsque nous entendions des conversations entre clients, nous remplacions le mot *Santa* par *Satan*.

« Qu'en penses-tu, Michael ? Tu penses qu'à Macy's il y a le vrai Satan ? »

« N'oublie pas de remercier Satan pour le poupon Mon Vrai Bébé qu'il t'a offert l'année dernière. »

« J'aime Satan.

– Qui ne l'aime pas ? Tout le monde aime Satan. »

Je préférerais m'enfoncer des clous dans les gencives plutôt que de travailler comme lutin placeur. Le placeur attend à la sortie et remplit les formulaires photo. Si j'aime essayer de deviner d'où viennent les gens, je déteste entendre les couples se chamailler pour savoir combien d'exemplaires ils doivent commander.

Ç'a été intéressant la première fois, mais plus maintenant. Pendant que les parents se décident, le placeur doit empêcher les enfants d'entrer par la porte de derrière pour lancer le nom de trois ou quatre jouets qu'ils ont oublié de demander.

Lorsqu'il n'y a pas trop de monde, le placeur passe la tête dans l'encadrement de la porte et regarde le père Noël avec ses visiteurs. Cet après-midi, il n'y avait pas foule, alors j'ai regardé une femme de quarante ans et sa maman d'un âge canonique venues converser avec le père Noël. La fille portait une robe rose courte ornée de dentelle – le genre de robe qu'une fillette aurait pu porter. Elle avait les cheveux coiffés en nattes, des chaussettes à froufrous et des chaussures en cuir verni. Cette enfant de quarante ans s'est précipitée sur le père Noël et l'a embrassé, lui maculant la barbe de rouge à joues. Elle s'est exprimée d'une voix enfantine, puis a parlé de moins en moins fort jusqu'à ce que sa voix ne soit plus qu'un murmure. Lorsqu'elles sont parties, j'ai demandé si elles souhaitaient acheter la photo et la plus grande fillette du monde a chuchoté quelque chose dans l'oreille de sa mère puis s'est échappée d'un bond. Elle a bondi. Je l'ai vue qui essayait d'entrer en conversation intime avec les enfants agglutinés autour de la caisse enregistreuse, jusqu'à ce que sa mère l'emmène d'un geste vigoureux.

Ce matin, j'ai passé du temps à la vitrine magique avec Grelot, une artiste qui s'apprête à faire un clip avec son groupe vocal féminin. Nous avons parlé de choses et d'autres, et elle m'a dit qu'elle était passée plusieurs fois à la télé, le plus souvent dans des sitcoms. Je lui ai demandé si elle avait déjà fait *On ne vit qu'une fois*, et elle m'a dit oui. Elle avait tenu le rôle de la danseuse de flamenco, il y a de ça quelques années, à l'époque du remariage de Cord et Tina, et de leur lune de miel à Madrid.

Soudain je me suis parfaitement souvenu de Grelot. Dans cet épisode, elle portait une robe en dentelle rouge et dansait sur le sol lumineux d'une boîte de nuit jusqu'à ce que le plus grand torero d'Espagne fasse son entrée, provoquant Cord en duel. Grelot intervenait : « Né lé faites pas, Señor. Cé sérait dé la folie dé loutter contré lé plou grand toréro dé la Espagna ! »

Grelot m'a confié que la lune de miel avait été tournée ici, dans les studios de New York. Ça m'a étonné car je pensais vraiment que le tournage avait eu lieu en Espagne. Elle m'a dit que la scène de danse avait été tournée en fin de matinée et qu'ensuite il y avait eu une pause déjeuner. Elle avait mangé à la cafétéria et Tina lui avait fait signe de la rejoindre à sa table. Grelot avait déjeuné avec Tina ! Elle a dit que Tina était très gentille et avait parlé de son amour pour Smokey Robinson. J'avais lu quelque part que Tina avait provoqué la séparation de Smokey et de sa femme, mais c'était palpitant d'entendre un témoignage de première main.

Plus tard dans la journée on m'a mis à la caisse où Andrea, une des responsables, m'a confié que son amie Caroline était chargée du casting d'*On ne vit qu'une fois*. C'est Caroline qui avait remplacé l'ancienne Tina par la nouvelle. J'aime l'ancienne Tina et je n'accepterai aucune remplaçante, mais j'ai dit à Andrea que j'aimais beaucoup la nouvelle Tina, et elle a répondu : « Je transmettrai à Caroline. Ça lui fera plaisir ! » Nous étions en train de discuter lorsque Mitchell, un autre responsable, s'est joint à nous et a dit qu'il avait participé sept fois à *On ne vit qu'une fois*. Il avait joué le rôle de l'avocat de Clint cinq ans auparavant quand toute la famille Buchanan était au tribunal pour le meurtre de Mitch Laurence. Mitchell connaît personnellement Victoria Buchanan et assure qu'elle est aussi gentille et attentionnée que dans le feuilleton.

« En gros, elle joue son propre rôle, à l'exception des multiples troubles de la personnalité », dit-il, s'arrêtant pour vérifier un chèque à la caisse d'un autre lutin. Il a demandé à la cliente une deuxième pièce d'identité, et pendant que la femme pestait en fouillant dans son sac à main, Mitchell m'a dit que Clint était du genre renfermé mais que Bo et Asa étaient très marrantes.

Je n'y crois pas, d'entendre ces choses-là. Je connais des gens qui ont approché Tina, Cord, Nicki, Asa et Clint. Je chauffe, je brûle, je le sens.

Ce soir je travaillais comme lutin compteur au sapin magique et j'ai vu une femme baisser la fermeture éclair de son fils, sortir son pénis, et lui ordonner de faire pipi dans un talus de neige artificielle. C'était un tout petit de quatre ou cinq ans, et il a obéi. L'urine a dégouliné des branches des arbres artificiels et a formé une flaque au sol.

Ce soir un homme a demandé en mariage sa petite amie dans l'une des maisons du père Noël. Quand le père Noël lui a demandé ce qu'il voulait pour Noël, il a sorti une alliance de sa poche et a dit qu'il voulait que cette femme devienne son épouse. Le père Noël les a félicités, le lutin photo en a eu des sanglots dans la gorge et s'est mis à pleurer.

Un garçon avec des boutons sur la figure est allé voir le père Noël, a grimpé sur ses genoux, et a exprimé le souhait de guérir de la varicelle. Le père Noël s'est redressé d'un bond.

J'ai rencontré des lutins de tous horizons. La plupart sont des gens du show-business, des acteurs, des danseurs, mais un nombre étonnant d'entre eux ont occupé de vrais postes dans des agences de publicité ou de courtage avant la récession. Bénis soient leurs cœurs, jamais ils n'auraient imaginé qu'un costume de velours les attendait. Eux, ce sont des lutins vraiment amers. De nombreux lutins sont jeunes, lycéens ou étudiants. Ils sont mignons, et l'un des avantages de ce boulot c'est que je suis amené à les voir en slip. Les vestiaires sont situés dans les toilettes des employés derrière le pays de Noël. Les W-C hommes sont petits et il y a souvent des inondations, si bien que nous sommes obligés de nous réfugier sur des piles de journaux pour ne pas mouiller nos chaussettes. Les pères Noël ont de jolies loges de l'autre côté du couloir, mais mieux vaut ne pas voir un père Noël se déshabiller. Un certain nombre de lutins ont pris l'initiative de se changer dans le hall, à côté de leur casier. Ces lutins sont souvent en maillot de bain sous leur déguisement. Je préfère les slips.

Le lutin le plus mignon de tous est un gars du Queens qui s'appelle Boule de neige. Boule de neige aime cabotiner avec les enfants, allant parfois jusqu'à trébucher sur le sentier qui mène à la maison du père Noël. J'ai tendance à tiquer face à ce genre de comportement mais Boule de neige est franchement adorable – on a envie de le mettre dans sa poche. Hier on a travaillé ensemble comme lutins du père Noël et ça m'a excité quand il a commencé à me dire des choses du style : « *Toi*, je te suivrais quand tu veux dans la maison du père Noël, Crêpette. »

Il m'a donné le vertige, ce flirt.

En milieu d'après-midi, je me cognais la tête contre les murs. À la fin de notre journée de travail, nous nous changions aux toilettes, quand soudain nous avons été entourés de trois pères Noël et de cinq autres lutins – autant de gars avec qui Boule de neige avait flirté.

Boule de neige donne de faux espoirs aux lutins et aux pères Noël. Il joue un jeu dangereux.

Cet après-midi je me suis retrouvé coincé à faire le lutin photo avec le père Noël-Noël. Je ne connais pas son vrai nom ; personne ne le connaît ; pratiquement tous les jours, il y a des temps morts où on s'assoit autour de la maison et on discute avec son père Noël. La plupart d'entre eux sont de braves types, on rigole ensemble, mais le père Noël-Noël se prend un peu trop au sérieux. Je lui ai demandé où il habitait, Brooklyn ou Manhattan, et il a répondu : « Hé hé, j'habite au pôle Nord avec la mère Noël ! » Je lui ai demandé ce qu'il faisait le reste de l'année, et il a répondu : « Je fabrique des jouets pour tous les enfants.

– D'accord, mais que faites-vous pour gagner de l'argent ?

– Le père Noël n'a pas besoin d'argent. »

Quand il n'y a personne, le père Noël-Noël reste assis, salue à tout va et fait tinter sa large ceinture à grelots. Une fois, il a vraiment déclamé « La nuit avant Noël », or nous n'étions que deux dans la maison, il n'y avait pas d'enfants. Juste nous. Que voulez-vous faire avec un cinglé comme ça ?

Il a dit : « Oh, petit lutin, petit lutin, redresse donc pour papa Noël ces jouets sur la tablette de la cheminée. » Je lui ai rappelé que j'avais un nom, Crêpette, puis j'ai replacé correctement les animaux en peluche.

« Oh, petit lutin, petit lutin, va donc chercher pour le papa Noël une pastille pour la gorge. » Alors je suis allé lui chercher une pastille pour la gorge.

Le père Noël-Noël a tout un petit numéro pour les enfants. Il leur parle, glousse de bon cœur, fait tinter ses grelots puis leur demande ensuite quel est leur chant de Noël préféré. La plupart répondent « Rudolph, le petit renne au nez rouge ». Le père Noël-Noël leur demande ensuite s'ils veulent bien le chanter pour lui. Les enfants sont intimidés et ne veulent pas chanter à haute voix, alors le père Noël-Noël dit : « Oh, petit lutin, petit lutin ! Aide la jeune Brenda à chanter son chant de Noël préféré. » Il faut alors que je chante « Rudolph, le petit renne au nez rouge », que je déteste.

La plupart du temps, les parents de Brenda ont le même âge que moi, ce qui assurément ne facilite pas les choses.

Cet après-midi, j'ai travaillé comme lutin de sortie, ma mission étant d'annoncer à haute voix : « C'EST PAR ICI POUR SORTIR DU PAYS DE NOËL. » Une femme payait à la caisse son idée de photo tandis que son fils était sous elle à donner des coups de pied et à se traîner par terre, en pleine crise.

La femme a dit : « Riley, si tu ne te tiens pas bien, le père Noël ne t'apportera *aucun* des jouets que tu as commandés. »

L'enfant a répondu : « Mais si, il va m'apporter mes jouets, menteuse, il me l'a déjà dit. »

La femme m'a attrapé par le bras et m'a dit : « Vous, là, le lutin, dites à Riley que s'il ne se tient pas bien immédiatement, le père Noël va changer d'avis et lui apporter du charbon pour Noël. »

J'ai rétorqué que le père Noël avait arrêté le trafic du charbon. Qu'à la place, si on n'était pas sage, il venait dans votre maison et volait des choses. J'ai dit à Riley que s'il ne se calmait pas, le père Noël allait lui prendre sa télé, tous ses appareils électroménagers, et le laisser dans le noir. « Tous tes appareils électroménagers, même le frigo. Ta nourriture va pourrir et sentir mauvais. Il va faire froid et sombre chez toi. Bon sang, Riley, tu vas souffrir. Tu vas regretter d'avoir jamais entendu le nom du père Noël. »

La maman a pris un air soucieux : « Bon, ça suffit. »

J'ai continué : « Il va emporter ta voiture, tes meubles, toutes les serviettes et les couvertures, tu n'auras plus rien. »

La maman a dit : « Bon, ça suffit, là, vraiment. »

J'ai passé toute la journée à mentir à des gens en disant : « Tu es si belle », et « Le père Noël a hâte de venir te voir. Il ne parle que de toi. Sans toi, pas de Noël. Tu es le chouchou du père Noël dans toute la région ». Parfois j'y vais vraiment avec mes gros sabots : « N'es-tu pas la princesse de Rongovie ? Le père Noël a dit qu'une superbe princesse allait venir lui rendre visite. Il a dit qu'elle aurait une robe rouge et qu'elle était très belle, mais pas bêcheuse ni hypocrite. C'est toi, n'est-ce pas ? » J'en rajoute des couches et les parents articulent en silence à mon intention « Merci » et « Bravo ».

À une fillette, j'ai demandé : « Tu es mannequin, non ? » Elle devait avoir à peu près six ans. « Oui, a-t-elle répondu, je suis mannequin et aussi comédienne. Je suis convoquée à un deuxième casting pour une publicité Fisher Price. » La mère de la fillette a dit : « Vous avez peut-être déjà vu Katelyn dans la campagne "Mon premier Sony". Elle passe à la télé. » J'ai répondu oui, bien sûr.

Je ne fais que mentir, et cela me rend hermétique aux compliments.

Dernièrement je me sens plutôt d'humeur troll, aussi ai-je changé mon nom de lutin, je ne m'appelle plus Crêpette mais Cloques. Cloques – je trouve ça mignon.

Aujourd'hui un enfant a dit au père Noël Ken qu'il voulait que son père mort revienne *et* toute la collection des Tortues Ninja. Tout le monde les réclame, ces tortues.

L'année dernière, une femme avait décidé qu'elle voulait prendre une photo de son chat assis sur les genoux du père Noël, elle l'avait introduit en cachette à Macy's dans un sac de marin. Le chat s'était installé cinq secondes sur les genoux du père Noël avant de s'enfuir par la porte, il avait fallu six lutins et trois quarts d'heure pour le retrouver dans la cuisine de la cafétéria des employés.

Un enfant est venu voir le père Noël ce matin et sa mère a fait : « Bien, Jason. Dis au père Noël ce que tu veux. Dis-lui. »

Jason a dit : « Je… veux… que Prokton and… Gamble… arrêtent les tests sur les animaux. »

La mère a rectifié : « Procter, Jason, c'est Procter and Gamble. Et que font-ils aux animaux ? Est-ce qu'ils torturent les animaux, Jason ? Est-ce que c'est ce qu'ils font ? »

Jason a dit : « Oui, ils les torturent. » Il devait avoir six ans.

Cette semaine, le lutin que j'aime le moins est un gars de Floride que j'appelle « le Morse ». Le Morse a une moustache en guidon de vélo, pas de menton et un cou gros comme ma taille. Dans le vestiaire il reconnaît être « un peu un homme à femmes ».

Le Morse se comporte comme si le pays de Noël était un bar à célibataires. C'est embarrassant de travailler avec lui. Nous sommes ensemble à la vitrine magique, où il attire les femmes sur le côté, leur passe le bras autour des épaules et dit : « Vous, je sais que vous n'allez pas demander au père Noël d'être belle. Pour ça, ma jolie p'tite dame, vous avez déjà été exaucée. »

Dans son esprit, les femmes sont charmées, grisées d'avoir capté son attention.

Je l'attire sur le côté et lui dis : « Tu viens de faire le coup à une *mère* de famille, une femme mariée et qui a trois enfants. »

Il répond : « Je n'ai pas vu d'alliance. » Puis il se tourne vers la première femme qui se présente et siffle : « Le père Noël est marié mais pas moi. Hé, ravissante dame, il y a plein de place sur mes genoux. »

J'ai fait lutin photo toute la journée pour un paquet de Pères Noël et j'ai été frappé de remarquer que nombre de parents ne laissent pas leurs enfants parler. L'enfant est assis sur le giron du père Noël et les parents disent : « Très bien, Amber, alors dis au père Noël ce que tu veux. Dis-lui que tu veux un poupon Mon Vrai Bébé, Ma Jolie Ballerine et ce manteau d'hiver que tu as vu dans le catalogue. »

Les parents énumèrent les cadeaux qu'ils ont déjà achetés. Ils ne veulent pas entendre parler de « poney » ou de « téléviseur », alors ils tiennent le crachoir pendant toute la visite, en plaçant des mots dans la bouche de leurs enfants. Quand les enfants descendent des genoux du père Noël, les parents s'adressent à eux en utilisant systématiquement la même formule : « Qu'est-ce qu'on dit au père Noël ? »

Les enfants répondent : « Merci, père Noël. »

C'est triste parce qu'on voudrait croire que chacun est unique, et ils vous déçoivent chaque fois en étant identiques, en débitant exactement la même formule, comme s'ils récitaient leur texte.

Tous les adultes demandent une carte Gold ou une BMW et ils éclatent de rire, persuadés d'être les premiers assez effrontés pour réclamer de tels plaisirs.

Le père Noël répond : « Je verrai ce que je peux faire. »

Les couples de plus de cinquante ans disent tous : « Je ne veux pas m'asseoir sur vos genoux, père Noël, j'aurais trop peur de les casser ! »

Comment casse-t-on des genoux ? Comment se fait-il que tant de gens aient l'idée de dire exactement la même chose ?

Je suis allé dans un magasin de l'Upper West Side. C'est comme un musée d'Histoire naturelle où tout serait à vendre : chaque animal existant à la surface de la terre y est représenté, en version empaillée ou en squelette et c'est pourquoi le magasin est populaire. J'y suis allé avec mon frère le week-end dernier. À côté de la caisse enregistreuse se trouve un saladier rempli d'yeux de verre avec une pancarte : « NE PAS METTRE CES YEUX DE VERRE CONTRE VOS PROPRES YEUX : LE SYSTÈME DE TIGE EST SUSCEPTIBLE DE PROVOQUER DES BLESSURES. »

J'ai parlé au gars derrière le comptoir et il m'a dit : « C'est tout le temps pareil. D'abord ils tiennent les yeux en l'air et ensuite ils les approchent de leur visage. J'en ai marre. »

Ça m'a fichu la trouille de me rendre compte que, jusqu'à ce que je remarque le panneau, ma première pensée avait été que j'allais prendre ces yeux et les placer devant les miens. Je m'étais dit que ce serait rudement poilant.

Nous tous éprouvons fierté et plaisir à l'idée d'être uniques, mais je crains qu'en définitive ce ne soit la police qui ait raison : on revient toujours aux empreintes digitales.

Il y avait un grand spectacle *Rue Sésame en direct* au Madison Square Garden, si bien que des milliers de gens ont décidé de profiter de la journée et de passer directement de *Rue Sésame* au père Noël. On a eu une affluence record aujourd'hui, complètement dingue, et tout le monde était sur les dents. À partir du moment où la file d'attente est trop longue, on la divise en quatre files différentes car aucun être sensé ne ferait deux heures de queue pour voir le père Noël. Deux heures – on pourrait voir un film en deux heures. Lorsqu'ils font deux heures de queue les gens s'inquiètent de ne pas vivre dans un pays démocratique. Les gens qui font la queue pendant deux heures disjonctent. J'ai été envoyé dans l'entrée pour diriger la deuxième phase de la file d'attente. L'entrée était bondée, et chacun avait une question à me poser : où était l'escalator qui descendait, où trouver l'ascenseur, le restaurant avec patio, le papier cadeau, les W-C dames, la déco du sapin. Il y avait une queue pour le père Noël et une queue pour les toilettes dames, et une femme, après m'avoir déjà posé une douzaine de questions, m'a demandé : « Laquelle des deux est la file pour les toilettes dames ? » Je lui ai répondu en hurlant qu'à mon avis c'était celle où il n'y avait que des femmes.

Elle m'a dit : « Vous, je vais vous faire virer ! » Allez-y, je vous en prie. Je porte un costume en velours vert ; ça ne pourra pas être pire. Non mais ces gens, pour qui se prennent-ils ?

« Vous, je vais vous faire virer ! » et moi j'ai eu envie de me pencher vers elle et de dire : « Vous, je vais vous faire buter. »

Dans le labyrinthe, en allant à la maison du père Noël, on passe devant diverses animations – des trains électriques, des ours dansants, la forêt de cannes en sucre d'orge, et les pingouins. Les pingouins ont droit à leur propre pays des merveilles glacées. Ils ont été fabriqués il y a des années et ils batifolent mécaniquement. Ils se tiennent devant leur igloo, font de la luge, du patin à glace et cuisent du poisson à la poêle. Pour une raison mystérieuse, les gens se sentent obligés de jeter des pièces aux pingouins. Je ne comprends pas du tout – ils ne lancent pas de l'argent à l'arbre aux cadeaux, aux lutins mécaniques ni à la boîte aux lettres pour le père Noël, mais ils vident leurs fonds de poche pour les pingouins. J'ai demandé ce que devenait cet argent, et un responsable m'a répondu qu'il était récupéré et offert à des œuvres de charité, mais je n'y crois pas. Les lutins récupèrent les pièces de vingt-cinq *cents* pour les téléphones publics, le personnel de ménage prend les pièces de dix *cents*, et j'ai vu des visiteurs, ceux qui ne jettent pas de pièces, rafler ce qu'ils pouvaient le plus vite possible.

J'ai travaillé à la sortie aujourd'hui. Je suis censé dire : « C'est par ici pour *sortir* du pays de Noël », mais je n'arrive pas à m'y résoudre parce que j'ai l'impression de presser les gens. Ils attendent une heure pour voir le père Noël, on les taxe pour la photo, et ensuite quelqu'un les presse de sortir. Je dis : « C'est par ici pour *sortir* du pays de Noël, si vous avez décidé qu'il était peut-être temps pour vous de rentrer à la maison. »

« Vous pouvez sortir par ici si cela vous chante. »

Nous sommes également censés encourager les gens à attendre dehors quand le parent qui a l'argent est en train de payer pour la photo. « Si vous attendez quelqu'un qui achète une photo, attendez *à l'extérieur* des portes à double battant. »

Je dis : « Si vous attendez quelqu'un qui achète une photo, vous aurez peut-être envie d'attendre *à l'extérieur* des portes à double battant, c'est agréable et la lumière est plus flatteuse. »

J'ai eu un groupe d'enfants cet après-midi, ils attendaient que leur maman règle la photo, et un des mômes a sorti de sa poche une pièce de cinq *cents* qu'il m'a lancée. Il avait peut-être douze ans, il était blasé, le père Noël, ce n'était plus vraiment de son âge, toujours est-il qu'il m'a lancé une pièce de cinq *cents* qui m'a atteint au torse avant de tomber au sol. Je l'ai ramassée, me suis raclé la gorge et lui ai tendu la pièce. Il l'a relancée. Comme si j'étais un pingouin. Alors, à nouveau, je la lui ai rendue, et il l'a jetée plus haut, m'atteignant au cou. J'ai ramassé la pièce, et me suis tourné vers un autre enfant en disant : « Tiens, tu as fait tomber ça. » Il a examiné la pièce, l'a mise dans sa poche, et est sorti.

Hier, c'était mon jour de congé, et les grands malades sont venus rendre visite au père Noël. J'ai fait le lutin photo pour le père Noël Ira cet après-midi, et il m'a tout raconté. Des enfants gravement handicapés qui sont arrivés sur des brancards et en chaise roulante. Le père Noël ne pouvait pas les installer sur ses genoux et souvent ne comprenait pas les requêtes qu'ils formulaient. Il a mis un point d'honneur à prendre la main de chacun et à demander ce qu'il voulait pour Noël. Il a fait cela jusqu'à ce qu'arrive un enfant qui n'avait pas de mains. Cela l'a énormément gêné, aussi s'est-il mis à placer une main sur le genou de l'enfant, jusqu'à ce qu'arrive un gamin sans jambes. Après cela il a décidé de simplement hocher la tête en gloussant.

Je me suis de nouveau retrouvé coincé avec le père Noël-Noël cet après-midi. J'ai dû chanter et faire le mariole pendant trois heures. Tard dans l'après-midi, une fillette a dit qu'elle ne savait pas quel était son chant de Noël préféré. Le père Noël a dit : « "Rudolph" ? "Vive le vent" ? "Noël blanc" ? "Le père Noël arrive" ? "Dans la crèche" ? "Douce nuit" ? »

La fillette a dit d'accord pour « Dans la crèche » mais n'a pas voulu chanter parce qu'elle ne connaissait pas les paroles.

Le père Noël-Noël a dit : « Oh, petit lutin, petit lutin, viens donc chanter "Dans la crèche" pour nous. »

Cela me paraissait injuste d'être obligé de faire ma prestation en solo, alors je lui ai répondu que je ne connaissais pas les paroles.

Le père Noël-Noël a insisté : « Mais bien sûr que si, tu connais les paroles. Allons, chante ! »

Alors j'ai chanté comme Billie Holiday aurait chanté si elle avait sorti un album de Noël. « Aucune crèche pour son lit / Le petit Seigneur Jésus / posa sa tête douce. »

Le père Noël-Noël ne m'a pas laissé terminer.

Cet après-midi nous avons établi un record en faisant défiler, en l'espace d'une heure, mille quatre cents enfants au pays de Noël. La plupart étaient des groupes scolaires par paquets de trente ou plus. Mon père Noël s'adressait à eux en disant : « Bien, je m'en vais compter jusqu'à trois, et à trois je veux que chacun crie ce qu'il souhaite le plus fort possible. »

Il comptait alors jusqu'à trois et le tintamarre était magnifique. Le père Noël se bouchait les oreilles et disait : « Bien – l'un après l'autre je veux que vous me disiez ce que vous avez l'intention de laisser au père Noël le soir de Noël. »

Il circulait dans la pièce et les enfants énuméraient toutes sortes de gâteaux, et il s'exclamait : « Et les sandwichs, alors ? Et si le père Noël a besoin de quelque chose d'un peu plus consistant qu'un petit gâteau ? »

L'idée fixe du père Noël cet après-midi fut de rabâcher combien sa relation amoureuse qui durait depuis neuf ans était ennuyeuse. Il agitait les mains pour dire au revoir aux enfants et se retournait vers moi en disant : « J'ai envie d'avoir une aventure, bon sang – juste une petite, juste une qui m'aidera à passer les quatre ou cinq prochaines années. »

Certains enfants paniquent un peu avant d'entrer pour voir le père Noël. Ils font les cent pas, se tripotent les mains et regardent fixement le sol. On dirait qu'ils vont passer un entretien d'embauche. Je leur dis : « Ne vous en faites pas, le père Noël ne va pas vous juger. Il est très décontracté à propos de ce genre de choses. Avant il jugeait les gens sévèrement, mais il s'est fait remonter les bretelles alors il a arrêté. Faites-moi confiance. Il n'y a pas lieu de s'inquiéter. »

J'ai été lutin photo ce soir pour le plus vieux père Noël. Habituellement, leurs noms sont écrits sur les gobelets qu'ils dissimulent sur l'étagère à jouets. De temps en temps, un père Noël appelle pour avoir de l'eau, et un lutin tient le gobelet pendant que son maître boit à la paille. J'ai cherché sur le gobelet, mais il n'y avait pas de nom. Comme c'était bondé ce soir-là, on n'a pas eu le temps de faire les présentations. C'est un père Noël remarquable, extravagant mais chaleureux. Dès qu'une famille s'en va, ce père Noël, sentant qu'un autre groupe se presse sur le seuil de sa maison, se met à chanter.

Il chante : « Une jolie fille… c'est comme une mélodie. »

Les parents et les enfants entrent dans la pièce, et, s'il y a une fillette dans le groupe, le père Noël va bien la regarder, ramener ses mains gantées sur sa poitrine, et feindre une crise cardiaque foudroyante – tombant en arrière dans les coussins, geignant avec un mélange de plaisir et de souffrance. Puis il revient lentement à lui et dit : « Lutin, lutin… es-tu là ?

– Oui, père Noël, je suis ici.

– Lutin, je viens de rêver que je me trouvais devant la plus jolie fillette du monde. Elle était juste là, dans ma maison. »

Alors je dis : « Ce n'était pas un rêve, père Noël. Ouvrez vos yeux, mon ami. Elle est devant vous. »

Le père Noël se frotte les yeux et secoue la tête, tel un prêtre visité par le Christ. « Oh, grands dieux, s'exclame-t-il en regardant la fillette. Tu es *effectivement* la plus jolie fillette que j'ai vue en six cent dix-sept ans. »

Ensuite il la prend sur ses genoux et fait l'éloge de chaque aspect de sa personnalité. La fillette est aux anges. Le père Noël montre la maman du doigt et demande : « C'est ta sœur que je vois debout dans le coin ?

– Non, c'est ma mère. »

Le père Noël fait venir la femme et lui demande si elle a été une bonne mère. « Est-ce que vous dites à votre fille que vous l'aimez ? Est-ce que vous le lui dites tous les jours ? »

Les mères se mettent systématiquement à rougir et répondent : « J'essaie, père Noël. »

Le père Noël demande à la fillette d'embrasser sa maman. Puis il s'adresse au père, lui demande de dire à la fillette combien il l'aime.

Le père Noël termine la visite en disant : « Souvenez-vous, la chose la plus importante c'est d'essayer d'aimer les autres autant qu'ils vous aiment. »

Les parents ont des sanglots dans la gorge et souvent pleurent. Ils saisissent la main du père Noël et, en sortant, la mienne. Ils disent que ça valait le coup d'attendre. Les cas les plus graves piochent dans leur porte-monnaie des dollars qu'ils proposent au père Noël. Nous ne sommes pas censés accepter les pourboires mais la plupart des pères Noël empochent la monnaie en faisant un clin d'œil, puis la fourrent dans leurs bottes. Ce père Noël regarde l'argent comme s'il s'agissait d'un Kleenex dégoûtant. Il ferme les yeux et se prépare pour la famille suivante.

Avec les garçons, le père Noël fait l'éloge de leur intelligence : chacun est le plus intelligent du monde.

Ce qui est formidable avec ce père Noël c'est qu'il ne demande jamais aux enfants ce qu'ils veulent. La plupart du temps, il implique les parents au point qu'ils renoncent à leur irrésistible envie de tout enregistrer pour la postérité. Ils posent leurs caméras et se rassemblent pour le festival de l'amour.

J'ai de nouveau été lutin dispatcheur cet après-midi, un de mes postes préférés. Le dispatcheur se tient à l'intérieur du sapin magique et dispatche les lutins du père Noël disponibles pour qu'ils conduisent les visiteurs jusqu'aux maisons. Ceux qui viennent pour la première fois sont enthousiastes, tout excités à l'idée de rencontrer le père Noël. Ceux qui sont déjà venus ont décidé de ne rien laisser au hasard.

De tous les pères Noël, deux sont noirs et ils ont le teint si clair qu'entre la barbe et le maquillage, on aurait toutes les peines du monde à déterminer quelle est leur véritable couleur de peau.

La semaine dernière, une femme noire s'est mise en colère quand, après avoir réclamé un « père Noël de couleur », elle s'est retrouvée avec Jerome.

Elle est retournée voir le dispatcheur et a demandé à parler à un responsable.

« Il n'est pas noir », s'est plainte la dame.

Bridget a confirmé à cette dame que si, de fait, Jerome était noir.

La dame a dit : « Eh bien, il n'est pas assez noir. »

Jerome est un père Noël difficile, soupe au lait, imprévisible. Il passe beaucoup de temps à regarder dans le vide et à faire le décompte de ce qu'il a gagné jusqu'à maintenant. Lorsqu'un responsable apparaît pour l'encourager à accélérer un peu la cadence, Jerome dit : « Écoutez, je joue un rôle, là. Vous comprenez ? Un rôle théâtral qui exige énormément de préparation, alors ne me harcelez pas avec votre "temps". »

Jerome semble avoir un sens du timing tout à fait personnel. Quand les enfants arrivent, il regarde ses bottes et se fend d'un sermon, leur proposant une carrière en entomologie.

« L'entomologie, vous savez ce que c'est ? »

Il leur dit que la sécrétion envoyée par la punaise puante pour se défendre a peut-être des pouvoirs médicinaux qui pourront un jour guérir l'humanité de maux transmissibles.

« Connais-tu la médecine holistique ? » demande-t-il.

Le lutin photo photographie un enfant en train de bâiller.

L'autre père Noël noir travaille les soirs de semaine et je ne l'ai jamais rencontré, mais j'ai entendu dire que c'était un véritable amuseur, qui a la cote aussi bien avec les lutins photo qu'avec les enfants.

La dernière fois que j'ai été lutin dispatcheur, une femme s'est approchée de moi et a chuchoté : « Nous voudrions un père Noël *traditionnel*. Je suis certaine que vous voyez ce que je veux dire. »

Je l'ai envoyée chez Jerome.

Hier, Boule de neige était le dispatcheur, et une femme l'a pris à part en lui disant : « L'année dernière nous avons eu un père Noël chocolat. Arrangez-vous pour que ça ne se reproduise pas cette année. »

J'ai eu droit à tout aujourd'hui. J'étais dispatcheur depuis cinq minutes quand un homme a murmuré à mon intention : « Assurez-vous qu'on en ait un Blanc, cette année. L'année dernière on a écopé d'un Noir. »

Une femme m'a touché le bras en articulant silencieusement : « Blanc – blanc comme *nous*. »

Je m'adresse à un lutin du père Noël, le premier de la file, et je lui confie ces gens. Qui sait où ils se retrouveront ? Les enfants sont agités, excités – ils veulent voir le père Noël. Les enfants sont gentils. Les parents sont manipulateurs et devraient être envoyés à A & S Plaza, à deux rues d'ici. Chez A & S il n'y a que deux pères Noël qui travaillent en même temps – un père Noël blanc et un père Noël noir, et les choses sont très claires : une file pour les Blancs, une file pour les Noirs.

On m'a demandé l'un et l'autre. Père Noël blanc, père Noël noir, le lutin dispatcheur a pour instruction de hausser les épaules et de feindre l'ignorance en répondant : « Il n'y a qu'un seul père Noël. »

Aujourd'hui j'ai vécu un cauchemar à la caisse. Les transactions financières en elles-mêmes ne se passaient pas trop mal – j'ai pigé le truc. Le problème ce sont les annulations. Un client propose de payer en liquide et puis, au moment où j'ai tapé l'info sur ma machine, il regarde son portefeuille et se ravise : « Vous savez quoi, je crois que je vais plutôt payer par carte. »

Cela implique annulations et signatures de la part des responsables.

Je m'occupe de la paperasserie, accepte leurs formulaires photo, que j'agrafe aux tickets de caisse. Mon boulot consiste alors à dire : « Les photos prises aujourd'hui seront envoyées par la poste le 12 janvier. »

Le mieux, dans ce boulot, c'est de regarder alors leurs visages se décomposer. Ces images sont développées dans un labo ; cela prend du temps, toutes ces photos, si tard à cette période de l'année. S'ils voulaient qu'elles arrivent avant Noël, il fallait qu'ils viennent la première semaine, juste à l'ouverture. Beaucoup de gens exigent d'être remboursés en apprenant que leurs photos arriveront après Noël, en janvier, quand Noël sera oublié. Annulation.

C'était bondé aujourd'hui et je me suis amusé à faire la transaction et à tendre le ticket de caisse au client en disant : « Vos photos seront envoyées par la poste le 10 août. »

Août c'est bien plus amusant que janvier. J'adore voir cette expression sur le visage des gens, la bouche dessine un O parfait.

C'était mon dernier jour de travail. On nous avait dit que le soir de Noël était calme, mais c'était le jour auquel une semaine entière de formation était censée nous avoir préparés. Ce fut un jour d'action en continu, un jour où les responsables passèrent une bonne partie du temps avec leurs talkies-walkies.

J'ai assisté à une bagarre aux poings entre deux mamans et j'ai vu une femme prise d'une terrible montée d'angoisse à cause de la cohue : elle est tombée par terre, a fait de grands gestes en essayant de reprendre sa respiration, ses bras gigotaient, on aurait dit qu'elle se battait contre des chauves-souris. Un papa de Long Island a traité le père Noël de pédale parce qu'il n'avait pas pris le temps de réciter « La nuit avant Noël » à son enfant. Des parents pris dans de longues files d'attente ont laissé des couches jetables sur le seuil de la maison du père Noël. Jamais je n'avais vu un attroupement aussi déchaîné, et il nous manquait des lutins, plusieurs n'étaient tout simplement pas venus, certains avaient appelé pour dire qu'ils étaient malades. Résultat, l'heure du déjeuner a été réduite de moitié et nous n'avons eu aucune pause de tout l'après-midi. De nombreux lutins se sont plaints avec amertume, mais le reste d'entre nous s'est retrouvé à vivre le moment tant attendu. C'était nous contre eux. L'heure était venue de se serrer les coudes, et j'ai totalement joué le jeu. Mon père Noël et moi arrivions à les jucher sur ses genoux et les faire descendre en quarante-cinq secondes. Nous étions une machine efficace au milieu du chaos. L'heure de débaucher est arrivée pour lui et moi et nous avons continué sans nous en soucier. Mon avion devait décoller à vingt heures, et je suis resté jusqu'au dernier instant, en comptant au plus juste le temps qu'il me faudrait pour arriver à l'aéroport. C'est presque à contrecœur que je suis allé voir la responsable en lui disant qu'il fallait absolument que je m'en aille. Elle était à une caisse en train de hurler après une cliente. En fait, elle la traitait de salope. Je lui ai effleuré le bras et lui ai dit : « Il faut que j'y aille, là. » Elle a posé sa main sur mon épaule, a serré doucement, et a poursuivi sa conversation : « Ne dites pas au président du magasin que je vous ai traitée de salope. Dites-lui que je vous ai traitée d'enfoirée de salope, parce que c'est exactement ce que vous êtes. Maintenant disparaissez de ma vue avant que je fasse quelque chose que nous regretterons toutes les deux. »

Gros malin

À vingt-cinq ans j'ai trouvé un boulot consistant à nettoyer des chantiers dans la banlieue de Raleigh. C'était un travail ennuyeux, qui devenait encore plus ennuyeux les jours où je faisais équipe avec un type qui s'appelait Reggie, un pseudo-génie mécontent de son sort. Chaque jour il racontait combien il était intelligent, et c'était invariablement la même discussion.

« Moi, avec mon QI de cent trente, ils m'ont collé au balayage de la sciure. » Il lançait un regard furieux aux poils de son balai comme s'ils avaient conspiré pour l'empêcher de progresser. « Tu peux faire mieux ? Un cent trente ! Je suis sérieux, mec. J'ai passé le test. »

C'était le moment où j'étais censé jouer le gars impressionné, mais en général je m'abstenais.

« Un 1, un 3 et un 0, disait-il. Au cas où tu l'ignorerais, c'est le score des génies. Avec un esprit comme le mien, je pourrais être en train de *faire* quelque chose, tu vois ce que je veux dire ?

– Absolument.

– Retirer des clous enfoncés dans des planches, je ne suis pas fait pour ça.

– J'entends bien.

– Un soixante pourrait faire ce que je fais. Ce qui me laisse soixante-dix points de QI qui restent dans ma tête à ne rien faire.

– Ils doivent s'embêter.

– Tu m'étonnes. Les gens comme moi ont besoin d'être mis au défi.

– Tu pourrais peut-être allumer le ventilateur et balayer avec le courant d'air contre toi, suggérais-je. C'est assez difficile.

– Ne te moque pas de moi. Je suis bien plus intelligent que toi.

– Comment le sais-tu ? Si ça se trouve, je suis un trois cents, je ne sais pas.

– Un trois cents. C'est ça. Un trois cents, ça n'existe pas. Toi je te verrais bien à soixante-douze, maximum.

– Qu'est-ce que ça veut dire ?

– Ça veut dire que j'espère que tu aimes manier le balai.

– Et ce que tu viens de dire *à l'instant*, là, qu'est-ce que ça veut dire ? »

Il secouait la tête, pris de pitié. « Repose-moi la question dans quinze ans. »

Quinze ans plus tard, j'étais employé par une société de nettoyage à domicile. Certes, c'était un travail non qualifié, mais en tout cas, je faisais très peu de balayage. Je passais surtout l'aspirateur. Oh, mais ça remonte à plusieurs années. À deux ans, pour être précis.

Je ne sais pas trop ce que fait Reggie aujourd'hui, mais j'ai pensé à lui lorsqu'à l'âge de quarante-deux ans j'ai finalement passé un test de QI. En tant qu'adulte subvenant depuis longtemps à ses besoins, je me suis dit que passer le test ne pouvait pas me faire de mal. À ce stade de ma vie, les dés sont jetés, et aussi bête que je sois, je suis à l'évidence assez intelligent pour m'en sortir. Je ne me rendais pas compte que les tests d'intelligence souillaient à la fois votre passé et votre avenir, mettant en lumière une vie entière de mauvais choix, et vous préparant à votre inévitable échec à venir. Quand je pense test de QI, je me représente une sorcière au nez en cornichon, se détournant de sa bouilloire pour demander : « Êtes-vous *certain* de vouloir la réponse à cette question ? »

J'ai répondu oui, et, le résultat, c'est que j'entends encore le gloussement strident de la sorcière chaque fois que je m'apprête à prendre un balai.

Enfant, j'ai toujours soupçonné intérieurement que j'étais un génie. C'était une théorie totalement personnelle, corroborée par personne, bon et alors ? Être incompris participait du scénario. Mon père me traitait parfois de « gros malin », mais j'ai fini par comprendre que lorsqu'il sortait ça, il voulait dire exactement le contraire.

« Hé, gros malin – môssieu Je-m'enduis-le-visage-de-mayonnaise-parce-que-je-ne-trouve-pas-la-lotion-antimoustique. »

« Hé, gros malin, môssieu Je-crois-que-je-peux-faire-griller-des-marshmallows-dans-ma-chambre. »

Ce genre de choses.

J'ai cru pouvoir guérir le diabète en étalant du lait solaire sur du chewing-gum. Lotion Mer et Ski sur une tablette de Juicy Fruit, crème bronzante Tons Cuivrés sur de la pâte à mâcher Big Red. J'avais à portée de main non seulement les ingrédients de base *mais aussi* un sujet pour tester ma trouvaille, le tout sous le même toit.

« Hé, gros malin, fit mon père, que je te reprenne encore une fois à offrir à ta grand-mère un chewing-gum comme ça, et c'est *toi* qui te récureras les dents dans le lavabo de la salle de bains. »

Qu'est-ce qu'il en savait, *lui* ?

Seul dans ma chambre, je scrutais des images d'hommes intelligents en leur cherchant un dénominateur commun. Les gros malins avaient incontestablement un air de famille, mais il était difficile d'en savoir plus. En renonçant à son peigne, on pouvait ressembler soit à Albert Einstein soit à Larry Fine. Tous deux portaient des costumes froissés et tiraient la langue, mais sur les deux, un seul était capable de faire preuve d'un authentique génie dans des films tels que *Booty and the Beast* et *The Three Stooges Meet Hercules*.

Mes notes dégringolaient, les professeurs me riaient au nez, mais je tâchais de ne pas me démonter. Au lycée, je me vis forcé de reconnaître que j'étais sans doute un génie philosophique. Selon moi et plusieurs de mes amis, c'était presque effrayant de voir à quel point j'arrivais à deviner les pensées des gens. Je m'entraînais à enlever mes lunettes, l'air inspiré, en m'imaginant invité à l'une de ces émissions télé du dimanche matin, prenant place parmi d'autres intellectuels, exprimant mes théories sombres et radicales sur la condition humaine.

« Les gens n'ont pas confiance en eux, aurais-je dit. Ils portent des masques et se voilent la face. »

Mes idées seraient comme des démons jaillissant d'une grotte infernale, et mes éminents confrères, alarmés par la vérité et la pertinence de mes observations, tenteraient de les tuer dans l'œuf avant qu'elles ne se propagent.

« Cela suffit ! s'écrieraient-ils. Pour l'amour de Dieu, que quelqu'un le fasse taire ! »

Bien plus effrayant que n'importe laquelle de mes idées, il y a le fait que, à l'âge de dix-sept ans, je fonctionnais probablement au maximum de mes capacités intellectuelles. C'est à cette période qu'il aurait fallu que je passe le test, avant que je gaspille le peu de jugeote que j'avais. Le temps que j'atteigne les trente ans, ma cervelle avait subi les assauts des drogues, de l'alcool et des détergents utilisés dans la société de nettoyage où je travaillais. Cependant, il y avait encore des moments où, contre toute raison, je n'excluais pas l'éventualité d'être un génie. Ces moments n'étaient pas provoqués par quelque exploit particulier mais par la cocaïne et les cristaux de méthamphétamines – des drogues qui font que vous vous penchez au-dessus d'un miroir avec une paille dans le nez et que vous vous enfilez la paye d'une semaine entière en vous disant : « Bon Dieu, ce que je suis malin. »

Ce sont toujours les petites choses qui m'ont encouragé. Je vais regarder un film dans lequel on voit une femme séduisante en soutien-gorge de sport, une veuve charmante, et deux trouillards aux mentons fuyants sont poursuivis par de puissants reptiles ou des visiteurs d'une autre galaxie. « Les trouillards vont mourir », vais-je penser, et lorsque effectivement ils meurent, je me félicite d'être aussi intelligent. Quand je dis : « Oh, c'était tellement prévisible », ça paraît judicieux et perspicace. Quand d'autres gens le disent, ça paraît crétin. Traitez-moi d'intello, en tout cas c'est comme ça que je vois les choses.

C'est la curiosité qui m'amena à passer le test de QI. La simple, bête et brutale curiosité, la même motivation qui pousse les garçons à voir à quoi ressembleraient les mouches sans leurs ailes. J'ai passé le test à Paris, au sous-sol d'une école d'ingénieurs, non loin de mon appartement. Je m'étais dit que, en soi, mon score ne signifierait rien – j'avais besoin de quelqu'un à qui me comparer – c'est ainsi que Hugh m'a accompagné et a lui aussi passé le test. Je m'étais inquiété à l'idée qu'il obtienne un score meilleur que le mien, mais une série d'événements récents m'avait rassuré. Une semaine plus tôt, pendant des vacances en Slovénie, il avait commandé une pizza que le serveur anglophone lui avait fortement déconseillée. On la lui servit recouverte d'un monceau de légumes en boîte : petits pois, maïs, tranches de carotte, pommes de terre et navets en cubes. Tout en observant l'air horrifié sur son visage quand le serveur lui apporta cette pizza dégoûtante, j'ai décidé que, dans un test d'intelligence fondamentale, pour moi ce serait du tout cuit. Quelques jours plus tard, sans la moindre trace d'ironie, il avait laissé entendre que l'histoire de la pépite de chocolat pourrait donner lieu à une comédie musicale excitante. « À condition, bien sûr, de trouver le bon chorégraphe.

– Oui, avais-je dit. Bien sûr. »

Nous avons passé des tests d'admissibilité à Mensa, l'association des personnes ayant un QI égal ou supérieur à cent trente-deux. Ses membres viennent d'horizons très divers et se retrouvent toutes les deux ou trois semaines pour aller au cinéma ou savourer une saucisse grillée. Ils sont comme les Elks ou les francs-maçons, si ce n'est qu'ils sont intelligents. Nos tests se déroulèrent sous la houlette d'une charmante psychologue française, Mme Haberman, qui était elle-même membre de Mensa. Elle expliqua que nous allions passer quatre tests, tous chronométrés. Pour être en mesure de faire partie de Mensa, il fallait que nous obtenions des scores nous classant dans la tranche des deux pour cent supérieurs. « Bien, a-t-elle dit. On est prêts ? »

Je connais des gens qui, jadis, ont passé des tests de QI, et chaque fois que je leur ai demandé de me donner un exemple de question posée, il y a toujours eu un blanc, suivi de : « Oh, tu sais bien, c'étaient… des trucs à choix multiples. » Immédiatement après avoir passé mon test, j'ai eu un mal fou à me rappeler quoi que ce soit, hormis le sentiment de soulagement éprouvé chaque fois que la sonnerie avait retenti et qu'on nous avait demandé de poser nos crayons. Les sujets étaient imprimés dans de petits livrets. Dans le premier, on nous montrait une série de trois dessins et l'on nous demandait lequel, parmi les quatre proposés à côté, complétait au mieux la séquence. C'est le seul exercice dont je me souvienne, et probablement le seul que j'aie réussi. L'exemple donné était celui d'une feuille placée à la verticale, qui progressivement penchait sur la droite. Le deuxième exercice impliquait des relations dans l'espace et m'a collé une migraine qui a duré vingt-quatre heures. Dans le troisième, on nous demandait d'examiner cinq dessins et d'indiquer les deux intrus. Finalement il y eut une pause, et nous sommes sortis dans la rue. Hugh et Mme Haberman ont discuté du futur séjour de celle-ci sur la côte turque, mais moi j'étais encore pris au piège du monde des tests. Cinq étudiants sourds passèrent dans la rue, et je tentai de déterminer lesquels étaient les deux intrus. Je me voyais m'approchant des deux garçons qui portaient des tennis et imaginais leur trouble quand je poserais les mains sur leurs épaules en leur annonçant : « Je vais devoir vous demander de m'accompagner. »

Le dernier exercice supposait de trouver à quelle règle obéissaient quatre paires de dominos puis à prédire quelle serait la cinquième paire. Il y avait des pages et des pages de questions et je fus bien loin d'arriver au bout.

J'aimerais pouvoir dire qu'il faisait trop chaud dans la pièce ou que Mme Haberman m'avait déconcentré à force de gratouiller constamment les cordes de son banjo, mais rien de ceci n'est vrai. Conformément au règlement de Mensa France, les consignes étaient en français, mais je n'ai eu aucune difficulté de compréhension. Je ne peux m'en prendre qu'à moi-même.

Une semaine plus tard, nos scores arrivèrent par la poste. On conseillait à Hugh d'essayer à nouveau : les scores peuvent fluctuer selon le stress et les circonstances, et il était à la lisière de l'admissibilité à Mensa. Quant à ma lettre, elle commençait ainsi : « Cher Monsieur Sedaris, Nous sommes au regret de vous informer… »

Il s'avère que je suis vraiment un crétin, pratiquement un demeuré ; il existe des chats qui pèsent plus lourd que mon score de QI. Si ce nombre était converti en dollars, il y aurait juste de quoi se payer quatre barquettes de poulet frit. Le fait que cela me surprenne ne fait que témoigner des profondeurs de mon ignorance.

Les tests reflètent la capacité à raisonner logiquement. Vous résolvez les choses par le raisonnement ou pas. Ceux qui y parviennent ont des QI élevés. Ce sont ceux qui ne vont pas chercher la mayonnaise lorsqu'ils ne trouvent pas la lotion antimoustique. Comme j'étais contrarié par mon résultat, Hugh m'a expliqué que chacun réfléchissait différemment – c'est juste que moi je réfléchis beaucoup moins qu'un adulte moyen.

« Pense à un âne, dit-il. Et ensuite, baisse de quelques crans. »

Sur ce point, je n'ai pas vraiment d'argument. Ma cervelle ne veut rien avoir à faire avec la raison. Toujours été comme ça. Si on me demandait de quitter mon appartement la semaine prochaine, je ne questionnerais pas autour de moi, je ne chercherais pas dans les annonces immobilières. À la place, je m'imaginerais habiter un château en sucre entouré de douves, flottant d'une pièce à l'autre sur un tapis volant aux dimensions imposantes. Une chose me sauve, c'est que j'ai la chance d'avoir trouvé quelqu'un qui veut bien se colleter l'âpre grisaille de la vie au quotidien.

Hugh m'a consolé en me disant : « Ne te mine pas. Il y a plein de domaines où tu excelles. »

Quand je lui ai demandé des exemples, il a commencé une liste : passer l'aspirateur, trouver des noms pour les animaux en peluche. Il a dit qu'il pouvait probablement en trouver quelques autres, mais qu'il allait avoir besoin d'un peu de temps pour réfléchir.

La courbe d'apprentissage

Un an après que j'eus obtenu mon diplôme de la School of the Art Institute de Chicago, une terrible erreur fut commise et l'on me proposa un poste d'enseignant dans un atelier d'écriture. Je n'avais pas fait de troisième cycle, et si plusieurs de mes nouvelles avaient été photocopiées et agrafées, aucune n'avait été publiée au sens traditionnel du terme.

Au même titre que le marquage au fer rouge des bouvillons ou l'embaumement des morts, l'enseignement était une profession que je n'avais jamais sérieusement envisagée. De toute évidence, je n'avais pas les qualités requises pour ce poste, et cependant je l'acceptai sans hésitation, car ce serait pour moi l'occasion de porter une cravate et de me faire appeler M. Sedaris. Mon père se faisait également appeler ainsi, et même s'il vivait à plusieurs milliers de kilomètres de là, j'aimais imaginer quelqu'un nous confondant. « Attendez, attendez, dirait la personne, vous parlez de M. Sedaris le retraité qui habite en Caroline du Nord, ou de M. Sedaris l'universitaire éminent ? »

Le poste me fut proposé à la dernière minute, lorsque le professeur prévu initialement trouva un boulot mieux payé comme livreur de pizzas. J'eus droit à deux semaines pour me préparer, période que je passai à chercher un porte-documents et à répéter devant mon miroir en pied : « Bonjour, je suis M. Sedaris, votre professeur. » Parfois je me donnais une voix agressive et un timbre ferme, énergique. C'était le M. Sedaris masculin qui écrivait en connaissance de cause sur les blessures de la chair et le tracteur-pulling. Ensuite il y avait l'aboiement décousu du rédacteur en chef de journal, un ton qui associait sagesse et potentiel de cruauté illimité. J'essayai d'avoir l'air professionnel et désabusé, mais le jour venu, mes nerfs prirent le dessus et le vrai M. Sedaris apparut au grand jour. Avec une voix qui reflétait le doute, la peur et un désir indubitable d'être aimé, je donnais moins l'impression d'être un professeur d'université sérieux qu'une fillette de douze ans ; quelqu'un qui se serait appelé Brittany.

Au premier semestre, je n'eus que neuf étudiants. Espérant qu'ils me considéreraient peut-être comme un professionnel bien préparé, j'apportai des étiquettes pour les noms en forme de feuille d'érable. Je les avais découpées moi-même dans du papier à dessin orange et les leur distribuai avec une boîte d'épingles. Mon institutrice en CM1 avait fait la même chose, en expliquant qu'on n'avait droit qu'à une seule épingle par personne. Mais comme nous étions à l'université et non à l'école élémentaire, j'encourageai mes étudiants à prendre autant d'épingles qu'ils le désiraient. Ils inscrivirent leur nom sur leur feuille, la fixèrent à leur poche de poitrine et vinrent s'agglutiner contre la grande table en chêne qui nous servait de pupitre commun.

« Bien, fis-je. Alors, nous allons commencer. » J'ouvris mon porte-documents et me rendis compte que je n'avais rien anticipé au-delà de cet instant. Mon projet de cours n'allait pas au-delà des feuilles orange, cependant je fouillai quand même dans mon porte-documents vide, conscient d'avoir stupidement armé mon auditoire d'épingles. Mon raisonnement, je suppose, avait été que mes étudiants parleraient d'eux-mêmes, offrant pensées et opinions sur les questions du jour. Je m'étais imaginé assis sur le bord du bureau, dominant une forêt de mains levées. Et les étudiants de crier simultanément pour se faire entendre, et moi de frapper sur quelque chose pour obtenir le silence. « Hé, ho, s'il vous plaît, aurais-je hurlé. Du calme, chacun son tour. L'un après l'autre, l'un après l'autre. »

Mon erreur de raisonnement béait devant moi tel un abîme. Un silence terrible s'abattit sur la classe et, ne voyant guère d'autre option, je demandai à mes étudiants de sortir leurs cahiers et de rédiger une brève composition sur le thème de la profonde déception.

J'avais toujours détesté cela quand un professeur nous obligeait à inventer quelque chose au pied levé. Indépendamment de l'évidente pression, chacun avait ses petites manies, surtout lorsqu'il s'agissait d'écrire. Untel avait peut-être besoin d'un type particulier de lampe, de stylo ou de machine à écrire. D'après mon expérience, il était difficile d'écrire sans ses ustensiles préférés, mais tout bonnement impossible d'écrire sans une cigarette.

Je notai de penser à apporter des cendriers, puis fouillai dans la corbeille à papier à la recherche de canettes vides. Debout sous le panneau INTERDICTION DE FUMER placé bien en évidence, je distribuai les canettes et jetai mes cigarettes sur la table, encourageant mes étudiants à se servir. Ceci, pour moi, était la quintessence de l'enseignement, et je pensais avoir accompli un acte véritablement novateur jusqu'à ce que l'asthmatique de la classe lève la main et dise qu'à sa connaissance Aristophane n'avait jamais fumé une cigarette de sa vie. « Jane Austen non plus, dit-il. Ni les sœurs Brontë. »

Je notai ces noms dans mon calepin assortis de la mention *casse-pieds*, et annonçai que j'allais me renseigner. Comme j'étais le professeur d'écriture, on considérait que j'avais lu tous les volumes reliés cuir de la « Bibliothèque des classiques ». La vérité, c'est que je n'en avais pas lu un seul, et je n'en avais d'ailleurs pas l'intention. J'avais relevé la plupart des défis en y allant au bluff, grâce à de vagues souvenirs du film ou du feuilleton tiré du livre en question, mais c'était un exercice épuisant et j'appris finalement qu'il était plus facile de répondre par une question du type : « Je sais ce que Flaubert représente pour *moi*, mais *toi*, que penses-tu d'*elle* ? »

En tant que M. Sedaris je vivais constamment dans la peur. Il y avait la crainte tout à fait légitime d'être pris pour un imposteur, et puis il y avait l'angoisse plus profonde que mes étudiants puissent me détester. Je les imaginais appelant leurs amis au téléphone. « *Et moi*, devine qui j'ai comme prof ? » La plupart des professeurs ennuyeux avaient au moins quelques références pour assurer leurs arrières. Une philosophie, un plan de cours, et ils n'avaient pas besoin de se cacher derrière une cravate à clip et un porte-documents vide.

À chaque fois que je sentais mon autorité menacée, je traversais la salle et j'ouvrais ou fermais la porte. Tout étudiant devait demander la permission avant de réguler la température ou le niveau sonore, mais moi je pouvais le faire quand je voulais. C'était la seule activité susceptible de me rappeler à coup sûr que j'étais le maître à bord, et j'en profitais grandement.

« Ça y est, il remet ça, chuchotaient mes étudiants. Mais qu'est-ce qu'il lui veut à cette porte ? »

L'asthmatique changea de classe, me laissant avec huit étudiants seulement. Parmi eux, quatre étaient des fumeurs chevronnés, qui tiraient de longues bouffées contemplatives, et montraient de temps en temps leur excellence en soufflant de spectraux anneaux concentriques qui planaient comme des auréoles au-dessus de leurs têtes inclinées. Quant aux autres, ils faisaient des efforts, mais ce n'était pas joli joli. À la fin du deuxième cours, mes étudiants n'avaient rien produit d'autre que des cendres. Leurs quintes de toux sèches et l'absence totale de production écrite tendaient à suggérer que, pour certains écrivains, fumer n'était à l'évidence pas suffisant.

Estimant qu'une dissertation sur un sujet judicieux pourrait contribuer à les mettre à l'aise, je donnai pour instruction à mes étudiants d'écrire une lettre à leur mère en prison. Libre à eux de déterminer le crime et la sentence, les références aux camarades de cellule étaient fortement encouragées.

Le groupe se mit au travail avec enthousiasme et une réelle motivation, et je fus fier de moi, jusqu'à ce que l'élève la plus calme de la classe vienne me rendre sa copie en me chuchotant que son père et son oncle étaient tous deux dans une prison fédérale pour racket.

« C'est juste que je n'avais jamais pensé que ma mère irait aussi, dit-elle. Vous nous avez donné un devoir très… déprimant. »

J'ignorais totalement ce que pourrait être une véritable lettre d'un enfant à un parent en prison, mais à présent j'imaginais assez bien. Je visualisai deux détenus partageant une cellule. Un homme était au lavabo pendant que l'autre était allongé sur un lit superposé, à lire son courrier.

« Quelque chose d'intéressant ? demandait l'homme debout.

– Oh, c'est ma fille, répondait l'autre. Elle commence juste la fac, et apparemment son prof d'écriture est un véritable enfoiré. »

Après cela je n'ai plus jamais demandé à mes étudiants d'écrire en classe. À compter de ce jour, ils durent rédiger tous leurs textes à la maison sur le sujet de leur choix. Cela n'aurait tenu qu'à moi, on serait tous restés à la maison et le cours se serait déroulé par signaux de fumée. Les choses étaient telles qu'il me fallait trouver un moyen de passer le temps tout en faisant astucieusement croire à mes élèves qu'un enseignement leur était dispensé. Il y avait cours deux fois par semaine et chaque cours durait deux heures. Remplir une séance entière avec une seule activité était hors de question, aussi commençai-je à mettre en place une série de brèves périodes de discussions programmées à intervalles réguliers. Nous commencions chaque jour par le Coin des célébrités. C'était l'occasion pour les étudiants d'échanger des informations intéressantes fournies par leurs amis de New York ou Los Angeles, lesquels prétendaient toujours avoir des renseignements de première main sur la séparation imminente de tel groupe de rock ou les sombres secrets d'alcôve de telle vedette de cinéma. Heureusement chacun semblait avoir un ami répondant à ce critère, et nous n'étions jamais à court de matériau.

Le Coin des célébrités était suivi du forum Dînette, mon appel éhonté à des recettes de ragoûts, le genre préféré des vieilles tantes et des grand-mères dont la dentition réclamait que toute viande se détachât de l'os sans offrir de résistance. Quand on me demanda ce que le mironton de l'Arkansas avait à voir avec l'art d'écrire, je me gardai bien de mentionner mon achat récent d'un Cuiso-vapeur ; à la place, je mentis entre mes dents pourries et expliquai que ce n'était pas la recette en elle-même mais le rythme qui intéressait l'écrivain.

Après le forum Dînette, c'était l'heure de Confidences sur l'oreiller, définies comme étant « l'occasion pour vous de discuter de vos vies sexuelles, dans un cadre intellectuel et en toute sécurité ». La majorité de mes étudiants étaient réticents à la perspective de raconter leurs expériences, aussi trouva-t-on des arrangements avec le département audiovisuel. Je m'employai à faire entrer dans la classe un grand téléviseur couleur sur un meuble à roulettes, pour que nous puissions regarder pendant une heure *On ne vit qu'une fois*. C'était l'époque où Victoria Buchanan perd connaissance à la fête des anciens du lycée et revient à elle en se souvenant que, vingt ans avant, plutôt que d'obtenir son diplôme avec le reste de la promo, elle est partie en auto-stop pour New York, où elle s'est accouplée avec un hippie et a accouché d'une fille perdue de vue depuis belle lurette. Ça paraît un peu tiré par les cheveux, mais tel un rôti oublié au four ou un rendez-vous chez le dentiste reporté, la naissance d'un enfant est un de ces détails insignifiants que la plupart des personnages de feuilleton télé ont tendance à oublier. C'est un trait de personnalité qu'il faut accepter, un point c'est tout.

Dans *Hôpital central* ou *Haine et Passion* une intrigue similaire pourrait paraître banale, voire risible. Sauf que là, c'était *On ne vit qu'une fois*, et personne ne pouvait brutalement se rappeler la naissance d'un enfant comme Erika Slezak, qui jouait à la fois le rôle de Victoria Buchanan et de sa jumelle Nicole Smith. J'avais pris l'habitude d'enregistrer le feuilleton et de le regarder chaque soir au dîner. Maintenant que j'étais un universitaire, je pouvais le voir en cours et mettre à profit l'heure du dîner pour rattraper mes épisodes en retard de *La Force du destin*. Quelques élèves grognèrent mais de nouveau je leur assurai que cela faisait partie de mon projet pédagogique.

L'administration m'informa qu'il y avait eu des plaintes concernant ma gestion du temps en classe. Ce qui signifiait que j'allais devoir sanctionner mes visionnages quotidiens par un devoir à faire à la maison. Désormais les étudiants devraient regarder un épisode et rédiger ce que je désignai comme un « devinoir sur table », une brève prédiction de ce qui risquait de se passer le lendemain.

« Souvenez-vous que ce n'est pas Port Charles ni Pine Valley, disais-je. C'est Llanview, en Pennsylvanie, et nous parlons de la famille Buchanan. »

Et ce n'était pas une mince affaire. Si les dialogues laissent parfois à désirer, il faut tout de même reconnaître que les feuilletons diffusés en journée sont admirables pour le soin remarquable accordé à l'intrigue. Certes il y avait toujours les kidnappings prévisibles et les triangles amoureux de l'été, mais un bon épisode vous surprenait toujours avec de petites choses simples, la découverte d'une ville souterraine, par exemple. J'avais vu avec mes élèves une demi-douzaine d'épisodes, en leur fournissant des éléments relatifs à ce qui s'était produit jusqu'alors, en leur expliquant que les enfants disparus ne franchissent pas le seuil la fleur au fusil dix minutes après le flash-back décisif où ils ont été évoqués. Les inévitables retrouvailles doivent se dérouler en toute délicatesse et impliquer au moins les deux tiers de la distribution.

J'estimais avoir efficacement fait comprendre tout le sérieux de la composition que je leur demandais de rédiger. Je pensais leur avoir, à ma manière, enseigné quelque chose, aussi étais-je en colère quand je trouvais dans leurs rédactions des prédictions du type « La fille disparue depuis longtemps se révèle être un vampire » et « Le lendemain Vicky meurt étouffée en mangeant un gros sandwich mixte ». La référence aux vampires fleurait bon les rediffusions de *Dark Shadows*, et je refusais de la prendre au sérieux. Mais mourir étouffé en mangeant un sandwich, c'était insultant. Victoria était une Buchanan, jamais elle n'aurait mis les pieds dans une sandwicherie, et un épisode où elle serait morte étouffée était tout simplement inconcevable. Surtout un mercredi. Personne ne meurt un mercredi – ces gens n'avaient donc rien appris ?

J'avais fait de gros efforts pour me montrer compréhensif, allant jusqu'à autoriser la conjugaison de noms et l'usage de termes aussi douteux que *la peu-importitude*. Mais là, ils avaient dépassé les bornes. J'avais fait cours sur le Llanview des Buchanan comme mes collègues avaient enseigné le Dublin de Joyce ou le Mississippi de Faulkner, mais maintenant c'était fini. À l'évidence, certaines personnes ne méritaient pas de regarder la télé en milieu d'après-midi. Si les étudiants voulaient fixer les murs deux heures par jour, alors très bien, dorénavant, nous allions nous cantonner aux fondamentaux.

J'ignore qui a inventé le format de l'atelier d'écriture standard, mais le ou la responsable a trouvé l'équilibre parfait entre sadisme et masochisme. Voici un système qui parvient à éliminer le plaisir pour toutes les personnes impliquées. L'idée est que l'étudiant présente un texte, qui est ensuite lu et consciencieusement critiqué par toute la classe. Dans mon cas, le processus fonctionnait, car les textes étaient parfois montrés, photocopiés et distribués de la main à la main. Ils étaient pliés et mis dans les sacs et les besaces, mais c'est à ce stade que le système avait des ratés. Au moment de critiquer, la plupart des étudiants se comportaient comme si on leur avait demandé de confiner les histoires dans une obscure zone sombre enclavée et de tester leurs réactions à l'isolation sensorielle. Les textes avaient beau être lus à voix haute en classe, les discussions étaient habituellement brèves, mélange de bonnes manières et de désintérêt total empêchant la plupart des participants d'exprimer leur avis avec honnêteté.

À quelques notables exceptions près, la plupart des compositions étaient des comptes rendus à peine voilés de la vie de l'auteur à l'instant où il ou elle s'efforçait de faire son devoir. Des coturnes sortaient constamment de la douche, et des serveuses surgissaient de nulle part pour servir les rondelles d'oignon en beignets et les *burritos* du petit déjeuner qui tachaient les pages des manuscrits. De temps en temps, le manque de soin m'ennuyait, mais j'étais mal placé pour me plaindre. C'était une école d'arts, et l'atelier d'écriture avait la réputation d'être le moyen le plus facile d'obtenir son UV obligatoire d'anglais. Mes étudiants avaient été admis parce qu'ils parvenaient à peindre, sculpter ou filmer leur corps avec une minutie admirable, n'était-ce pas suffisant ? Ils racontaient des histoires drôles et fascinantes sur leur vie, mais en consigner les détails sur papier était pour eux une corvée plus qu'une aspiration. Mon raisonnement était le suivant : si mes étudiants voulaient bien me prendre pour le prof, la moindre des choses était de leur rendre la politesse et de les traiter comme des écrivains. Même si quelqu'un avait utilisé son vrai nom pour raconter, disons, une visite récente chez le stomato, j'acceptais que le texte soit présenté comme une œuvre de pure fiction en demandant par exemple : « Alors dites-nous, Dean, comment vous est venue l'idée de ce personnage ? »

L'étudiant marmonnait en montrant du doigt le coton taché de sang pressé contre sa gencive enflée, et je poursuivais : « Quand avez-vous décidé que votre personnage devait aller se faire soigner pour une molaire incluse ? » Ce type de questionnement permettait aux auteurs de se sentir inventifs et protégeait quiconque ayant une opinion politique impopulaire.

« Je voudrais tirer quelque chose au clair, fit l'un des étudiants. Vous êtes en train de me dire que si je dis quelque chose à voix haute, c'est moi qui le dis, mais que si j'écris exactement la même chose sur papier, c'est quelqu'un d'autre, c'est bien ça ?

– Oui, dis-je. Et nous appelons cela fiction. »

L'étudiant sortit son calepin, griffonna quelque chose, et me tendit une feuille de papier où il avait écrit : « C'est la connerie la plus stupide que j'aie jamais entendue de ma vie. »

Ils étaient malins, dans cette classe.

En tant que M. Sedaris, je mettais un point d'honneur à taper à la machine une évaluation approximativement orthographiée de chaque texte qui m'était soumis. Je commençais par les points forts, et terminais, une page ou deux plus loin, en dispensant quelque conseil professionnel empreint de sagesse, du type « La ponctuation n'a jamais fait de mal à personne » ou bien « Pensez aux verbes ! ». J'avais tendance à perdre patience avec les longs passages oniriques, mais pour l'essentiel, nous nous entendions à peu près, et les étudiants acceptaient mes conseils ou bien les refusaient poliment.

Les problèmes ne se présentaient que lorsque les auteurs utilisaient leurs textes pour réparer un affront ou ce qu'ils avaient perçu comme une injustice. C'était le cas avec une femme que le bureau des admissions avait cataloguée comme « élève reprenant ses études », ce qui signifiait que sa vie sociale n'était pas entièrement focalisée sur la cafétéria. Elle avait au bas mot quinze ans de plus que moi et désapprouvait clairement mes méthodes d'enseignement. Elle ne participait jamais aux Confidences sur l'oreiller ni au forum Dînette, et j'avais de bonnes raisons de penser que c'était elle qui s'était plainte à propos des épisodes d'*On ne vit qu'une fois*. Avec les adolescents de première année, j'avais mes chances, en revanche je n'en avais aucune de satisfaire quelqu'un qui se plaignait régulièrement d'avoir déjà gâché assez de temps comme ça. La classe était divisée en deux groupes distincts : elle d'un côté ; le reste de la classe de l'autre. À part une attelle en fer, j'avais tout essayé, mais rien ne permettait de rapprocher les deux groupes. C'était un réel problème.

L'élève qui reprenait des études venait récemment de vivre un divorce pénible, et, comme sa souffrance était considérable, elle essayait à tort de nous persuader que son écriture était tout aussi considérable. Affublé d'un titre du style « Je mérite une autre chance », son texte ne fut pas bien accueilli par la classe. Suite à la brève discussion en groupe, je lui remis mon évaluation écrite, qu'elle survola tranquillement avant de lever la main.

« Oui, dit-elle. Si cela ne vous ennuie pas, j'ai une petite question. » Elle alluma une cigarette et passa un moment à fulminer, s'identifiant à l'allumette. « Qui êtes-*vous* ? demanda-t-elle. Je veux dire, non mais bon sang, qui êtes-vous pour me dire, à *moi*, que *mon* histoire n'a pas de fin ? »

C'était une question pertinente qui devait fatalement être soulevée à un moment ou un autre. J'avais remarqué que son texte s'achevait au beau milieu d'une phrase, mais hormis cela, qui étais-je pour critiquer qui que ce soit, *a fortiori* en matière d'écriture ? J'avais envisagé de réfléchir sérieusement à la question, mais il y avait eu des chemises à repasser, des étiquettes à fabriquer et puis, de fil en aiguille, j'avais réussi à ne plus y penser.

La femme répéta la question d'une voix qui dérailla : « Non mais… bon sang de bonsoir… vous vous prenez pour qui ?

– Est-ce que je peux vous donner une réponse demain ? demandai-je.

– Non, brama-t-elle. Je veux le savoir maintenant. Vous vous prenez pour qui ? »

À en juger par l'expression sur leurs visages, je vis que l'autre partie de la classe se posait la même question. Le doute se propageait dans la salle comme les microbes du rhume tels qu'on les observe dans ces gros plans au ralenti d'un éternuement. Je me vis, en une série de séquences oniriques, brûler sur un bûcher funéraire, puis la réponse me vint.

« Qui suis-je ? répétai-je. Je suis le seul qui soit payé pour être dans cette salle. » Ce n'était pas un sujet sur lequel j'aurais souhaité broder sur l'oreiller, mais néanmoins, une fois la réponse sortie de ma bouche, je la considérai comme une philosophie de l'enseignement parfaitement recevable. Mes craintes et mes doutes antérieurs s'évaporèrent, car désormais je savais que je pourrais justifier n'importe quoi. Le nouveau M. Sedaris ne ferait plus jamais marche arrière ni ne présenterait d'excuses. Dorénavant, c'est moi qui ordonnerais à mes *étudiants* d'ouvrir et de fermer la porte et *cela* me rappellerait que j'étais le maître à bord. Nous pouvions faire tout ce que je voulais parce que j'étais un professionnel diplômé – c'était pratiquement écrit sur le chèque que je recevais en fin de mois. Ma voix devint plus grave tandis que je tirais sur ma cravate. « Bien, fis-je. Quelqu'un d'autre souhaiterait-il poser une question idiote à M. Sedaris ? »

L'élève qui reprenait des études leva de nouveau la main. « C'est une question personnelle, je sais, mais combien l'établissement vous paie-t-il exactement pour votre présence dans cette classe ? »

Je répondis honnêtement, après quoi, pour la première fois depuis le début de l'année scolaire, mes étudiants ne formèrent plus qu'un seul ensemble compact. Je ne me rappelle plus quel groupe commença, je me rappelle seulement que le rire fut si bruyant, si violent et prolongé que M. Sedaris dut courir fermer la porte, afin que les vrais professeurs puissent poursuivre leurs cours en paix.

Bon, je vous dis à hier

Je n'ai jamais été de ces Américains qui émaillent la conversation de phrases françaises et servent à leurs invités des roues de brie. Pour moi, la France n'a jamais été une destination spécifique, préméditée. J'ai atterri en Normandie de la même manière que ma mère a atterri en Caroline du Nord : vous rencontrez un type, vous baissez un tout petit peu votre garde, et l'étape d'après, vous voilà à manger une partie nouvelle du cochon.

J'ai rencontré Hugh grâce à une amie commune. Elle et moi refaisions la peinture d'un appartement, et il avait proposé qu'on utilise son échelle de quatre mètres. Posséder une échelle de quatre mètres à New York est un signe de réussite, car cela signifie que vous avez très certainement la place de l'entreposer. À l'époque, Hugh habitait dans un loft sur Canal Street, une ancienne chocolaterie où les chambres froides avaient été aménagées en chambres à coucher. Je suis arrivé chez lui un vendredi soir et j'ai remarqué la tarte qui cuisait au four. Pendant que le reste de Manhattan était de sortie en ville, lui était resté à la maison pour éplucher des pommes et écouter de la musique country.

Comme moi, Hugh était célibataire, ce qui n'était pas si surprenant vu qu'il passait ses loisirs à étaler de la pâte au rouleau et à pleurer en écoutant les albums de George Jones. Je venais juste d'emménager à New York et me demandais si je serais seul pour le restant de ma vie. Le problème était en partie dû au fait que, selon diverses sources dignes de foi, j'avais tendance à épuiser les gens. Le problème tenait aussi à ma longue liste de critères. Les petits copains potentiels ne devaient pas fumer de cigarettes Merit, ni posséder ou porter une paire de santiags, ni manger quoi que ce soit qui fût conditionné avec l'étiquette *allégé* ou *bon pour le cœur*. La façon de parler était importante, et certaines phrases étaient rédhibitoires, parmi lesquelles « Je ne retrouve pas mon piercing de téton » et « Là, c'est mon *premier* tatouage ». Tous les noms de rues devaient être énoncés dans leur totalité, ce qui bannissait tout « 59e et Lex » et bien sûr « Mad Ave » pour Madison Avenue. Il ne fallait pas qu'ils boivent plus que moi, qu'ils écrivent des poèmes dans des calepins ou lisent à haute voix devant un public d'inconnus, et il leur était impossible d'utiliser les mots *pichenette*, *gratis*, *cyberspace*, *progressiste* et *zeitgeist*. Ils ne pouvaient pas considérer le cuir chevelu comme un lieu de libre expression, ni posséder un drapeau arc-en-ciel, ni prétendre avoir « découvert » une boutique ou un restaurant figurant dans l'annuaire. L'âge, la couleur de peau, le poids n'avaient pas d'importance. Pour ce qui était de nos intérêts communs, nous pourrions, par exemple, passer le reste de nos vies à dire combien nous détestions les caractéristiques ci-dessus mentionnées.

Hugh s'était installé à New York après avoir passé six ans en France. Je posai quelques questions, pressentant à juste titre qu'il ne tenterait rien de lui-même sans y avoir au préalable été invité. Il avait, dit-il, une maison en Normandie. Il ajouta peut-être une mention restrictive, un élément essentiel du genre « mais c'est un tas de caillasses ». Il la décrivit probablement en détail, mais, à ce moment-là, je n'écoutais déjà plus que d'une oreille. J'avais déjà commencé à imaginer ma vie dans un pays étranger, en quelque terre lointaine où, si les choses tournaient mal, je pourrais toujours incriminer quelqu'un d'autre, en disant pour commencer que moi, je n'avais jamais voulu venir ici. La vie serait peut-être difficile pendant un an ou deux, mais je tiendrais bon, car vivre à l'étranger est une de ces choses que tout le monde devrait essayer au moins une fois. D'après ce que j'avais compris, ça vous forgeait le caractère, gommait vos travers provinciaux, et vous métamorphosait en un citoyen du monde.

Je ne voyais pas cela comme une idée romantique. Rien à voir avec la France elle-même, avec le port du chapeau ou la rédaction de lettres torturées à la terrasse d'un café. Je me fichais de savoir où Hemingway allait boire, où Alice B. Toklas se faisait tailler la moustache. Ce que je trouvais attirant dans la vie à l'étranger c'était l'inévitable sentiment d'impuissance qui en découlerait. Tout aussi intéressant serait le travail nécessaire pour triompher de cette impuissance. Il y aurait un objectif à la clé, et j'aime avoir des objectifs.

« Construite vers 1780… à deux heures en train de Paris… le voisin laisse ses chevaux dans mon jardin… des tartes avec les pommes du jardin… »

Je saisis les points principaux du message de Hugh et compris que mon premier objectif était de faire de lui mon petit copain, de m'arranger par la ruse ou le chantage pour qu'il s'engage d'une façon ou d'une autre. Je sais que ça semble calculateur, mais quand on n'est pas mignon, il y a intérêt à être futé. Pour parvenir à mes fins, ça m'aide d'imaginer que je suis le personnage de l'un de ces feuilletons d'après-midi, un intrigant. Les personnages de soap-opéras font des déclarations pleines d'emphase. Ils serrent les poings et énoncent à voix haute leurs objectifs. « Je *détruirai* le clan Buchanan », disent-ils. « Phoebe Wallingford *paiera* pour ce qu'elle a fait à notre famille. » En rentrant chez moi avec une des deux parties de l'échelle de quatre mètres, je me retournai pour regarder le loft de Hugh. « Toi, je *t'aurai* », ordonnai-je.

Neuf mois après que je lui avais emprunté l'échelle, Hugh quittait la chocolaterie et nous emménagions ensemble. Conformément à son habitude, il avait l'intention de passer le mois d'août en Normandie, pour rendre visite à des amis et s'occuper de sa maison. J'avais prévu de me joindre à lui, mais cette première année, au moment d'acheter le billet d'avion, je me suis dégonflé, me rendant compte que j'avais peur de la France. Ma peur n'avait rien à voir avec le véritable peuple français. En fait, je ne connaissais aucun Français. Ce qui m'effrayait c'était l'idée des Français tels qu'on les montrait dans les films et les feuilletons. Lorsque quelqu'un se ridiculise dans les grandes largeurs c'est toujours dans un restaurant français, jamais japonais ou italien. Les Français se giflent avec des gants et arborent des écharpes pour dissimuler leurs suçons violacés. Je comprenais que nous aurions beau faire tous les efforts du monde, les Français ne nous apprécieraient jamais, ce qui est déroutant pour un Américain élevé dans la croyance que les citoyens d'Europe devraient nous être reconnaissants pour toutes les choses formidables que nous avons faites. Comme, par exemple, les films qui caricaturent le peuple de France en le montrant comme un ramassis de malotrus et de snobs mesquins, ou des petites remarques telles que « On vous a sauvé la couenne, à la Seconde Guerre mondiale ». Chaque jour on nous répète qu'on vit dans le plus formidable pays du monde. Et c'est énoncé comme un fait indéniable : les Lions sont nés entre le 23 juillet et le 22 août, les draps d'un lit *queen size* mesurent un mètre soixante de large et deux mètres de long, et l'Amérique est le pays le plus formidable au monde. Quand on a eu toute son enfance les oreilles ainsi rebattues, il est surprenant d'apprendre que d'autres pays ont eux aussi des slogans nationalistes, dont aucun n'est « Nous sommes numéro deux ! ».

Les Français ont décidé d'ignorer notre supériorité autoproclamée, et cela est perçu comme de l'arrogance. À ma connaissance ils n'ont jamais dit qu'ils étaient meilleurs que nous, c'est juste qu'ils n'ont jamais dit que nous étions les meilleurs. La belle affaire. Il y a plein d'endroits sur terre où les Américains en visite sont accueillis avec grand enthousiasme. Malheureusement, ces endroits ont tendance à manquer de tout ce que vous auriez vraiment envie d'acheter. Or c'est, à mon sens, la seule raison de partir de chez soi – acheter des choses. Hugh me ramena de formidables cadeaux l'été où il partit pour la France. Ce n'est pas un très grand amateur de shopping, aussi me suis-je dit que s'il avait réussi à dégoter ces choses-là, elles avaient dû se trouver bien en évidence, là où n'importe qui pouvait les remarquer. Pour ce que j'en savais, les Français étaient capables d'être froids, voire ouvertement hostiles. Ils pouvaient brûler mon drapeau ou me lapider, mais s'il y avait moyen de mettre la main sur des chatons empaillés, alors je ferais le voyage et les ramènerais ici, dans le plus formidable pays existant sur terre.

Il y avait les magasins, et puis il y avait la cigarette. Hugh est revenu de son voyage, et, des jours plus tard, j'étais encore comme un Chinois posant des questions sur l'arrière-pays démocratique. « Et tu as vraiment vu des gens fumer dans des restaurants ? Vraiment ! Et aussi dans des bureaux ? Oh, raconte-moi encore les cendriers dans la salle d'attente de l'hôpital, et n'oublie pas un seul détail. »

Je suis allé en France l'été suivant en connaissant uniquement le mot *bouchon*. J'ai dit « bouchon » à l'aéroport, « bouchon » dans le train à destination de la Normandie, et « bouchon » lorsque Hugh m'a montré le tas de cailloux qu'était sa maison de campagne. Il n'y avait pas d'eau courante, pas d'électricité, et rien à acheter hormis les tuyaux et fils électriques nécessaires si on voulait vivre avec la plomberie et l'électricité. Comme il n'y avait pas de magasin correct, les gens me saluaient avec grand enthousiasme. Ce serait pareil si une Française venait visiter, disons, Knightdale, en Caroline du Nord. « Bonté divine, vous avez fait tout ce chemin pour nous voir ? »

Si mon vocabulaire avait été plus étendu, j'aurais pu dire : « Non, pas exactement. » La réalité étant ce qu'elle était, je proposais ma seule réponse possible : « Bouchon. »

« Ah, bouchon, répétaient-ils tous. Vous parlez très bien. »

Ils ne ressemblaient pas du tout aux Français que j'avais imaginés. Déjà, ils étaient trop gentils, trop généreux, et s'y connaissaient beaucoup trop en plomberie et en électricité. La maison se trouve dans un minuscule hameau composé de huit habitations de pierre blotties les unes contre les autres, au milieu de collines vallonnées, décorées de vaches et de moutons. Il n'y a pas de caisses enregistreuses, mais un kilomètre et demi plus loin, dans un village voisin, il y a un boucher, un boulanger, un quincaillier et un petit épicier. Il y a une église et une cabine téléphonique, une école élémentaire et un endroit où acheter des cigarettes. « New York City ! » s'exclamaient les commerçants. « Dites, vous êtes loin de chez vous, hein ? » disaient-ils comme si je m'étais éloigné de Manhattan pour une brève promenade et avais perdu la notion du temps.

Apparemment, quitte à venir d'Amérique, New York n'était pas plus mal qu'autre chose. Les gens en avaient entendu parler, surtout les trois adolescents du village qui apprenaient l'anglais au lycée et passaient souvent discuter de la ville qu'ils avaient rebaptisée « Ny ». Je tâchai de leur expliquer que le *N* et le *Y* étaient des initiales correspondant à New et York, cependant ils insistaient pour coller les deux lettres et n'en faire qu'un seul mot. Ny, disaient-ils, c'est comme cela que les initiés l'appelaient. Comment ça, tout le monde à Usa n'utilisait pas ce terme ?

Les adolescents avaient l'impression que New York était un pays merveilleux, un terrain de jeu pour célébrités où l'on ne pouvait pas sortir de chez soi sans tomber sur Madonna et Michael Jackson assis dans le parc en train de donner la tétée à leurs bébés. Je citai nonchalamment quelques-unes des stars que j'avais rencontrées dans mon quartier, et durant le reste de l'été, pour décrire notre maison, on disait : « C'est celle devant laquelle sont allongés tous les adolescents. » Ils s'étalaient au milieu de la route, sur le dos, ne voulant rien louper, au cas où mes amis célèbres auraient décidé de passer pour m'aider à creuser la fosse septique. J'avais peur que l'un d'eux ne se fasse écraser par une voiture et qu'on ne me tienne pour responsable de sa mort. « Oh, ne vous en faites pas, disaient les voisins. D'ici quelques années, ça leur passera. »

Enfin je suppose que c'est ce qu'ils disaient. Sans Hugh à mes côtés pour traduire, toute interaction reposait sur une série de suppositions. Le gentil boucher n'était peut-être pas du tout gentil, et si ça se trouve l'épicier répondait : « Va te faire voir avec ton bouchon. Va-t'en, et laisse-moi tranquille. » Leurs personnalités étaient entièrement inventées par moi. L'inconvénient c'est que ma personnalité était entièrement inventée par eux. J'étais arrivé à l'âge de trente-cinq ans pour n'être identifié que comme « le gars qui dit "bouchon" », le joueur de flûte de Hamelin qui convainc les jeunes gens de s'allonger sur la route, l'adulte qui ignore les panneaux de clôture électrique et effraie les chevaux de ses cris. On me ferait une telle description, je dirais : « Ah, vous voulez dire l'idiot du village. »

Dans cette configuration, faire comme si j'étais un personnage de soap-opéra ne m'était d'aucune utilité. J'avais beau dire : « Vous *allez* me comprendre », les citoyens de France se contentaient de m'adresser des regards vides d'expression. J'appris quelques nouveaux mots mais la situation globale demeurait sans issue. Des voisins passaient alors que Hugh était parti à la quincaillerie, et je peinais à les divertir avec une pitoyable série de noms simples. « Cendrier !

– Oui, confirmaient-ils. C'est bien un cendrier.

– Marteau ? Tournevis ?

– Non, c'est bon, nous avons les nôtres à la maison. »

J'espérais que la langue sortirait d'elle-même, comme pour les bébés, mais les gens ne parlent pas aux étrangers comme ils parlent aux bébés ; ils ne vous hypnotisent pas avec des objets brillants en répétant les mêmes mots à l'infini, vous offrant une gourmandise quand vous avez enfin dit « popo » ou « lolo ». Cela en vint au point où, voyant un bébé dans une boulangerie ou une épicerie, j'avais le réflexe de serrer les poings, jaloux de voir à quel point il avait la vie facile. Je voulais m'allonger dans un berceau français et repartir à zéro, apprendre la langue en commençant par le début. Je voulais être un adulte, sauf qu'à la place j'étais un adulte qui parlait comme un bébé, un homme-enfant inquiétant qui réclamait toujours plus d'attention.

Plutôt que de m'avouer vaincu, je décidai de changer d'objectif. Je me convainquis que cela ne m'avait jamais vraiment intéressé d'apprendre la langue. Ma priorité principale était de remettre la maison en état. Les verbes afflueraient le moment venu, mais en attendant j'avais besoin d'un lieu confortable où me cacher. Lorsqu'elles furent enfin développées, nos photos de vacances semblèrent avoir toutes été prises dans un camp de travaux forcés. J'abattis dcs murs et traînai de lourdes poutres, je fis courir des tuyaux et des fils et devins un visage poussiéreux familier à la fois à la décharge et à la pharmacie. Mon mois de dur labeur fut récompensé par quatre jours à Paris, une ville où, sans même chercher, on peut trouver un modèle de vagin en cire vieux de deux cents ans, avec des poils pubiens humains. Dans l'avion qui nous ramenait au pays, on me remit un formulaire des douanes à remplir en dressant la liste de mes achats :

Crâne de veau à deux têtes

Cendrier en forme de molaire allongée

Calcul biliaire ayant appartenu à quelqu'un, étiqueté et disposé sur un élégant présentoir

Un service de huit assiettes à dessert en porcelaine de Limoges commandées par une pharmacie, et peintes à la main, avec les noms de diverses drogues mortelles

Un fœtus en cuir suédé avec cordon ombilical

Un optotype français comportant de manière fortuite le mot FAT

Des guides illustrés sur les éruptions cutanées et les blessures de guerre

Je vins à manquer de place bien avant de pouvoir mentionner mes instruments de chirurgie d'autrefois. Hugh me dit que je perdais mon temps, qu'ils cherchaient des gens qui avaient acheté des montres en platine, pas des scies crâniennes rouillées. Mon formulaire des douanes était, pour moi, une liste de toutes les bonnes raisons de revenir en France et de maîtriser la langue. Pour discuter, certes, mais la véritable récompense serait de pouvoir marchander sans vergogne et d'obtenir mon prochain crâne à deux têtes au prix d'un crâne normal.

De retour à New York, je profitai pleinement de mon statut de locuteur natif. J'abreuvais les vendeurs de paroles et épiai des discussions privées, me rendant compte que j'avais passé un mois entier sans entendre qui que ce soit se plaindre d'être « stressé », expression qui m'a toujours tapé sur le système. Les gens à New York adorent vous dire combien ils sont épuisés. Et ensuite ils s'effondrent quand quelqu'un leur dit : « Ouais, tu as l'air assez fatigué. » Je surveillai du coin de l'œil les étrangers, les Européens qui faisaient des achats dans ma rue à SoHo et les femmes de ménage qui répondaient « Pologne » ou « El Salvador » lorsqu'on leur posait une question à laquelle il fallait répondre par oui ou par non. J'avais le sentiment qu'il était de ma responsabilité de protéger ces gens, de leur indiquer le chemin, même s'ils ne me l'avaient pas demandé et, de manière plus générale, de les effrayer par ma gentillesse. En tant qu'Américain à l'étranger, vous vous sentez en sécurité. Si quelque chose cloche, vous vous dites instinctivement : « Nous allons appeler l'ambassade, voir ce qu'ils vont en dire, *eux*. » Les gens savent où se trouve l'Amérique sur la carte. Ils savent que c'est un pays puissant, qui parle haut et fort. Avec certains autres pays, il n'existe pas de telles garanties. « Ah, le Laos, ai-je entendu lors d'un dîner. On ne vous a pas bombardés une ou deux fois ? »

Hugh et moi sommes retournés en Normandie l'été suivant, et j'ai repris mon identité d'idiot du village. « Bon, je vous dis à hier ! » ai-je lancé au boucher. « Cendrier ! Bouchon ! » De nouveau je me suis mis à la peinture et à m'égratigner les jointures jusqu'au sang. En partant, je me suis promis de m'inscrire à un cours de français, promesse que je me suis empressé d'oublier dès que mon avion a atterri à New York.

Durant le séjour suivant, je ponçai les sols et entamai un nouvel exercice : apprendre dix nouveaux mots par jour.

exorcisme
enflure
peine de mort

Je trouvais mes mots dans le dictionnaire, les tapais sur des fiches bristol, puis les apprenais au cours de mes marches journalières jusqu'au village voisin.

abattoir
monstre marin
rebouteux

À la fin du mois, j'avais réussi à retenir trois cents mots, dont aucun ne pouvait m'être de la moindre utilité. L'été suivant, nous sommes allés six semaines en France, et j'ai ajouté 420 mots, la plupart extraits du célèbre magazine people *Voici*. « Mangeuse d'hommes, disais-je. Croqueuse de diamants, marlou, morpion. »

« De qui parlez-vous ? demandaient mes voisins. Des diamants ? Où ça ? »

Lors de mon cinquième séjour en France, je me suis restreint aux mots et phrases que les gens utilisaient vraiment. Du monsieur qui avait des chiens, j'ai appris « Couché », « Tais-toi » et « Qui a chié sur ce tapis ? ». Le couple d'en face m'a appris à poser correctement les questions, et l'épicier m'a appris à compter. Les choses ont commencé à se préciser et je suis passé du stade du bébé diabolique à celui de péquenaud. « C'est-y les pensées des vaches ? ai-je demandé au boucher en montrant les cervelles de veau. Je veux des côtelettes avec des poignées dessus. »

À la fin de notre sixième séjour en France, la maison était terminée et j'avais appris un total de 1 564 mots. C'était une étrange sensation de tenir entre mes mains la totalité de mon vocabulaire, de voir ces piles et de me rappeler l'après-midi où j'appris à décrire avec minutie mes gueules de bois. Je conservais mon vocabulaire dans une boîte en bois destinée initialement à abriter un chapeau napoléonien, et m'inquiétais de devoir, en cas d'incendie, revenir à mon point de départ, avec *bouchon* et *cendrier*, dans l'impossibilité d'éprouver le plaisir ressenti à chaque fois que j'entendais quelqu'un utiliser un mot que j'en étais venu à considérer comme m'appartenant.

Lorsque les grues sont arrivées pour construire un hôtel de onze étages juste à côté de la fenêtre de notre chambre, Hugh et moi avons choisi de quitter New York un an ou deux, juste le temps que notre ressentiment se tasse un peu. Je suis décidé à apprendre le plus de français possible, et nous allons prendre un appartement à Paris, où il y a des affiches, des gros titres et toutes sortes de mots qui ne demandent qu'à être recopiés sur des fiches bristol, où quelqu'un peut confortablement fumer tout en se ridiculisant dans les grandes largeurs, et où, si je suis frustré, je pourrai toujours mentir en disant pour commencer que moi, je n'ai jamais voulu venir ici.

La ville lumière dans le noir

Lorsqu'on me demande ce que je fais de mon temps à Paris, j'attrape ma boîte remplie de talons de tickets et je grogne sous son poids. Cela fait plus d'un an que je suis ici, et si je n'ai vu ni le Louvre ni le Panthéon, en revanche j'ai vu *Alamo* et *Le Pont de la rivière Kwaï*. Je n'ai pas poussé jusqu'à Versailles mais j'ai réussi à voir *Oklahoma !*, *Brazil* et *Nashville*. Hormis une escapade de temps en temps au marché aux puces, ma connaissance de Paris est limitée à ce que j'ai appris dans *Gigi*.

Quand des visiteurs viennent des États-Unis, je dessine de petits itinéraires. « Si on va à la séance de quinze heures d'*Opération jupons*, on devrait avoir assez de temps pour traverser la ville et attraper la séance de dix-huit heures d'*Il faut sauver le soldat Ryan*, sauf si, bien sûr, vous préférez voir *L'Extravagant Mr Ruggles* à la séance de seize heures et *Vacances romaines* à dix-neuf heures. Moi, je suis assez flexible, alors c'est vous qui décidez. »

Les choix de mes invités montrent que je suis piètre juge de ma propre personnalité. Les ayatollahs sont flexibles. Moi pas. On leur donne le choix entre quatre films parfaitement acceptables, et ils opteront invariablement pour une traversée du musée Picasso ou une visite guidée de la cathédrale, en disant : « Je n'ai pas fait tout le voyage jusqu'à Paris pour m'asseoir dans le noir. »

À les entendre, ça paraît horrible. « Certes, dis-je, sauf que c'est le noir français. C'est… plus noir que le noir qu'on a à la maison. » Au final, je leur donne un plan de Paris et un trousseau de clés. Ils vont voir Notre-Dame, moi je vais voir *Le Bossu de Notre-Dame*.

On me dit souvent que c'est du gâchis de vivre à Paris et de passer tout mon temps devant des films américains, que c'est comme aller au Caire manger des cheeseburgers. « Tu pourrais faire ça dans ton pays », disent les gens. Mais ils ont tort. Je ne pourrais pas vivre ainsi aux États-Unis. À quelques rares exceptions, la vidéo a tué les cinémas d'art et d'essai. Si vous voulez voir un film avec Boris Karloff, vous devez le louer et le regarder sur un poste de télévision. À Paris, ça coûte autant de louer un film que d'aller le voir en salle. Les Français aiment sortir et voir les films sur grand écran. N'importe quel jour de la semaine, on a le choix entre au moins deux cent cinquante films, dont pas moins d'un tiers en anglais. Il y a toutes les productions américaines récentes, ainsi que n'importe quel vieux film que vous auriez envie de voir. À Pâques, la séance de *La Plus Grande Histoire jamais contée* était complète, je me suis contenté de traverser la rue et je suis allé voir *Super Fly*, la deuxième plus belle histoire jamais contée. Sauf s'ils sont pour enfants, tous les films sont projetés en anglais dans leur version originale avec sous-titres en français. Un des personnages dira : « *Get your fat ass out of here before I do something I regret* », et en bas de l'écran on lira : « Pars. »

Je me demande parfois pourquoi je me suis même donné la peine de prendre des cours de français. « Je suis véritablement ravi de faire votre connaissance », « Je vous remercie de tout cœur pour ce repas exquis » – je n'ai toujours pas réussi à placer l'une ou l'autre de ces civilités. Depuis que je me suis installé à Paris, la phrase que je dis le plus est : « Une place, s'il vous plaît. » C'est ce qu'on dit au guichet pour acheter un ticket, et je le dis assez bien. À New York, j'irais au cinéma trois ou quatre fois par semaine. Ici j'y suis allé jusqu'à six ou sept fois, essentiellement parce que je suis trop fainéant pour faire quoi que ce soit d'autre. Heureusement, aller au cinéma semble soudain relever de l'exploit intellectuel, au même titre que lire un livre ou consacrer du temps à une pensée sérieuse. Ce n'est pas que les films soient devenus plus ardus, c'est juste que beaucoup de gens sont aussi fainéants que moi, et, de concert, nous avons décidé de baisser le niveau.

Les circonstances encouragent ma fainéantise. Dans un rayon de cinq pâtés de maisons autour de mon appartement, il y a quatre multiplexes proposant des nouveautés et une douzaine de cinémas de trente à cinquante sièges spécialisés dans les reprises, avec des séances en alternance consacrées à des acteurs, des réalisateurs ou des genres confidentiels ou bien fameux. Et là je parle des cinémas indépendants du quartier qui veulent bien lancer à quatorze heures la projection des *Tueurs de la lune de miel* même si je suis seul dans la salle. C'est comme si quelqu'un avait équipé son antre d'un grand écran et de sièges confortables. La femme au guichet vous vend un ticket, le déchire en deux et vous en rend une moitié. Une fois dans la salle vous êtes chaleureusement accueilli par une ouvreuse qui examine votre bout de ticket et le déchire un tout petit peu plus pour faire sentir sa présence. Un jour, quelqu'un a décidé que cette activité méritait un pourboire, alors vous donnez à la dame de la petite monnaie, mais je n'ai jamais compris pourquoi. C'est un mystère, au même titre que ces grosses têtes sur l'île de Pâques ou la popularité des tout petits sacs à dos.

Je suis tellement content que de tels cinémas existent encore que je donnerais volontiers un pourboire aussi au projectionniste. Comme pour les restaurants où il n'y a que trois tables, je me demande par quel miracle ces établissements tiennent le coup. En Amérique, c'est avec la vente de friandises et de boissons que les cinémas font le gros de leurs recettes, mais ici, du moins dans les petits cinémas, vous ne trouverez guère qu'un distributeur d'esquimaux et de glaces coincé entre les toilettes et la sortie de secours. Les grands cinémas offrent un peu plus de choix, mais c'est quand même surtout des bonbons et des crèmes glacées vendus par une personne portant un plateau arrimé à son cou. Les cinémas américains ont commencé à proposer d'énormes plateaux en carton, et ce n'est plus qu'une question de temps avant qu'on lise sur les frontons : GOÛTEZ NOS CÔTES DE PORC AU BARBECUE ! POMMES DE TERRE CUITES AU FOUR GRATUITES POUR LE STEAK D'ALOYAU AU-DELÀ DE 900 GRAMMES. Quand ils se sont mis à vendre des *nachos*, j'ai su que les ailes de poulet n'étaient pas loin derrière. Les hot dogs d'aujourd'hui ne font qu'ouvrir la voie aux hamburgers de demain, et, une fois ce seuil franchi, c'est la porte ouverte à la distribution de couverts dans la salle.

Je ne me suis jamais considéré comme un apologiste outrancier des Français, mais il y a beaucoup à dire d'une population entière qui jamais, en aucune circonstance, ne bavarde pendant le film. J'ai assisté à des projections de films d'horreur devant des publics d'adolescents le samedi soir, et même là, personne ne pipait mot. Je suis incapable de dire à quand remonte ma dernière séance silencieuse dans un cinéma américain. On peut facilement se convaincre qu'en Amérique le public passe la journée bouche cousue, s'économisant la voix en attendant le début du film.

Lors d'une projection lambda à New York, j'ai dû tapoter sur l'épaule d'un type devant moi, interrompant son analyse pour savoir s'il avait l'intention de parler pendant la totalité du film. « Eh bien… ouais. Et alors ? » a-t-il répondu sans la moindre trace de honte ou de repentir. Comme si je lui avais demandé s'il avait l'intention de continuer à laisser son sang circuler dans son organisme et à faire entrer l'air dans ses poumons. « Bah tiens, et pourquoi pas ? » Je me suis éloigné du critique et me suis retrouvé assis à côté d'un extralucide qui prévoyait à voix haute la destinée des divers personnages dont on voyait les lèvres bouger à l'écran. Ensuite il y a eu un couple convaincu d'avoir loupé quelque chose. Un inconnu frappait à la porte, et ils demandaient : « Qui c'est, lui ? » J'avais envie de les rassurer en leur disant que toutes leurs questions trouveraient une réponse le moment venu, mais je ne crois pas à la parlote au cinéma, aussi me suis-je à nouveau déplacé, espérant avoir assez de chance pour dégoter un siège entre deux personnes endormies ou bien mortes.

Dans un cinéma de Chicago, je me suis trouvé une fois à côté d'un type qui a regardé le film tout en écoutant un match des Cubs sur son transistor. Lorsque le placeur est arrivé, le mordu de sport a annoncé qu'il était dans un pays libre et qu'il avait envie d'écouter ce satané match. « Est-ce qu'une loi interdit qu'on fasse deux choses à la fois ? a-t-il demandé. Est-ce qu'il y a une loi ? Montrez-moi la loi et j'éteindrai ma radio. »

Assis à Paris devant mes films américains, je pense à l'homme au transistor et j'éprouve un sentiment qui est exactement à l'opposé du mal du pays. La caméra glisse au-dessus des villes de mon passé, montre la puissante forêt de buildings juste avant qu'elle ne soit détruite par la bombe terroriste ou le vaisseau de guerre extraterrestre. New York, Chicago, San Francisco : c'est comme si je voyais les images de gens avec lesquels je pourrais encore coucher, si je le voulais. Lorsque les courses poursuites ultrarapides et les incontournables fusillades deviennent trop répétitives, je me dirige vers les cinémas d'art et d'essai et je regarde des films moins violents où les couples dorment dans des lits séparés et où tout le monde porte un chapeau. Tandis qu'on déchire mon ticket, j'envisage brièvement toutes les choses constructives que je pourrais faire. Je pense aux parcs et aux restaurants, aux civilités que je n'utiliserai jamais avec les nouveaux amis que je ne réussis pas à me faire. Je pense aux grandes villes grouillantes de l'autre côté de ce rideau, et puis les lumières s'éteignent, et j'aime Paris.

Mes souvenirs d'enfance en Afrique

Quand Hugh était en CM2, sa classe fit une sortie dans un abattoir éthiopien. Il habitait Addis-Abeba à l'époque, et l'abattoir fut choisi car, dit-il, « c'était commode ».

C'était un système scolaire où la proximité l'emportait sur d'insignifiantes considérations telles que : ce genre d'activité est-il adapté à des enfants de onze ans ? « Quoi ? ai-je fait. Il n'y avait donc pas d'autopsies programmées à la morgue locale ? La prison fédérale était trop loin ? »

Hugh a pris la défense de son ancienne école en disant : « N'est-ce pas tout l'intérêt d'une sortie scolaire ? Voir quelque chose de nouveau ?

– Techniquement, certes, mais enfin…

– Eh bien voilà, dit-il. On a vu quelque chose de nouveau. »

Une des « sorties sur le terrain » fut littéralement une sortie sur un terrain, pour aller voir un homme ridé remplir sa bouche de viande de chèvre avariée, puis la donner à manger à une meute de hyènes qui attendaient. Une autre fois, on les emmena voir les rideaux ensanglantés suspendus dans le palais de l'ancien dictateur. Il y eut des sorties plus banales, la visite d'usines textiles ou de raffineries de sucre, mais ma préférée demeure l'abattoir. Ce n'était pas un grand établissement, juste une petite entreprise rurale gérée par deux frères qui travaillaient dans un bâtiment en béton et bas de plafond. Après un bref exposé sur l'importance de bonnes conditions sanitaires, un porcelet blanc fut introduit dans la pièce, ses délicats sabots cliquetant sur le sol bétonné. La classe se rassembla en cercle pour bien voir l'animal, qui semblait ravi de toute l'attention qu'on lui portait. Il fixait un visage, puis un autre, et était en train d'observer Hugh quand l'un des frères sortit un pistolet de sa poche arrière, le plaça sur la tempe de l'animal, et abattit le porcelet, façon exécution. Du sang gicla, des enfants apeurés pleurèrent et l'homme au pistolet offrit à l'instituteur puis au conducteur du bus un peu de viande d'une chèvre récemment abattue.

Quand on me raconte de telles histoires, j'ai bien du mal à contenir un sentiment de jalousie. Un abattoir éthiopien. Il y a des gens qui ont vraiment de la veine. Moi, quand j'étais à l'école élémentaire, notre meilleure sortie, ç'a été la visite du vieux Salem ou de Williamsburg, la capitale coloniale, un de ces villages de brique, préservés en l'état, où le temps s'est prétendument arrêté et où quelqu'un gagne sa vie comme crieur public. Il y avait toujours un forgeron, un groupe de patriotes errants, et une kyrielle de femmes coiffées de bonnets, vendant à la criée des pains de maïs ou des gâteaux secs au gingembre faits « à la mode d'antan ». Parfois on pouvait tomber sur un malfrat au pilori, mais généralement ce n'était jamais plus excitant que ça.

Certains événements sont similaires, mais, comparée à celle de Hugh, mon enfance fut effroyablement morne. J'avais sept ans quand ma famille emménagea en Caroline du Nord. Lorsque Hugh avait sept ans, sa famille à lui emménageait au Congo. Nous avions un colley et un chat domestique. Eux, ils avaient un singe et deux chevaux qui s'appelaient Charlie Brown et Satan. Je balançais des cailloux sur des panneaux routiers. Hugh, lui, balançait des cailloux sur des crocodiles. Les verbes de la phrase sont les mêmes mais il l'emporte incontestablement pour ce qui est des compléments. Une journée mouvementée pour ma mère pouvait se composer d'une virée chez le teinturier ou d'une discussion avec le livreur de pommes de terre. Un après-midi ordinaire, au Congo, Hugh demanda à sa mère ce qu'elle avait fait de sa journée, elle répondit qu'elle et une collègue du Ladies'Club avaient visité une colonie de lépreux dans les faubourgs de Kinshasa. Elle ne justifia pas cette expédition, cependant il y a de fortes chances qu'elle ait alors posé des jalons en vue d'une future sortie scolaire.

En raison de son éducation, Hugh peut supporter des films ineptes sans jamais se rendre compte qu'ils sont souvent tirés de feuilletons télé ineptes. Dans la partie de l'Afrique où il était il n'y avait pas de martiens de sitcom aux visages impassibles, pas de péquenauds enrichis grâce au pétrole ni de jeunes mariées en tablier essayant de renoncer à la sorcellerie. Un film arrivait parfois dans une boîte cabossée, la pellicule était éraflée et les couleurs avaient terni après un lent périple autour du monde. La salle de projection consistait en quelques dizaines de chaises pliantes disposées devant un drap ou devant le mur aveugle d'un hangar vide à proximité de la piste d'atterrissage. Il arrivait qu'un homme vende des boissons sucrées tièdes disposées dans un carton, mais côté bonbons et crèmes glacées proposés à l'entracte, on ne trouvait rien.

Quand j'étais petit, je suis allé au cinéma du centre commercial local voir les mésaventures d'une Volkswagen parlante. Il me semble que l'auto était une petite farceuse, mais je ne peux en être certain, car ni le film ni l'après-midi ne m'ont marqué et tous deux ont insensiblement disparu de ma mémoire. Hugh a vu le même film quelques années après sa sortie en salle. À cette époque, sa famille avait quitté le Congo et habitait en Éthiopie. Comme moi, Hugh a vu le film tout seul, un après-midi, en fin de semaine. Contrairement à moi, en sortant du cinéma, il a vu un homme mort pendu à un poteau téléphonique tout au fond d'un terrain vague. Personne, parmi les gens qui avaient vu le film, ne s'est apparemment soucié du pendu. Ils l'ont observé un moment puis ont repris le chemin de la maison, en se disant qu'ils n'avaient jamais rien vu d'aussi dingue que cette Volkswagen qui parlait. Son père, qui devait venir le chercher, était en retard, et Hugh a regardé le mort se balancer et tourner dans le vent pendant une heure. Le décès ne fit l'objet d'aucun compte rendu dans le journal, et quand Hugh raconta l'histoire à ses amis, ils demandèrent : « Tu as vu le film avec la voiture qui parle ? »

J'aurais pu me passer des mouches et des cinémas primitifs, mais j'aurais bien aimé une enfance avec une pleine maisonnée de domestiques. En Caroline du Nord, il n'était pas inhabituel d'avoir une femme de ménage une fois par semaine, mais la famille de Hugh avait des *boys*, terme qui n'a jamais manqué d'enflammer mon imagination. Ils avaient des cuisiniers, des chauffeurs, et des gardiens qui occupaient une maison à part, armés de machettes. Ayant régulièrement fait pression sur mes parents pour qu'ils installent une barrière électrifiée, je considère les gardiens comme le dernier chic en matière de sophistication paisible. Être ainsi protégé suggère que vous êtes des gens importants. Que cette protection soit payée par le gouvernement, c'est encore mieux, cela suggère que votre sécurité est dans l'intérêt de quelqu'un d'autre que vous.

Le père de Hugh était militaire de carrière, et chaque matin une berline noire l'emmenait à l'ambassade. On me dit que ce n'est pas aussi glorieux que ça en a l'air, mais si l'on parle d'amusement pour toute la famille, je ne doute pas un instant que ça vaut largement la course en sac au pique-nique annuel d'IBM. À trois ans, Hugh possédait déjà un passeport diplomatique. Les règles valables pour les autres ne s'appliquaient pas à lui. Pas de contraventions, pas d'arrestations, pas de fouille des bagages : il était officiellement autorisé à se comporter comme un sale môme. Et comme il était américain, c'est ce qu'on attendait de lui, et d'ailleurs qui était-il pour priver le monde d'une bonne crise de colère ?

Ils n'étaient pas riches, mais ce qui faisait défaut à la famille de Hugh sur le plan financier était compensé par le type d'exotisme qui épate dans les cocktails et vous vaut des remarques du genre : « C'est fascinant. » Un compliment qu'on vous adresse rarement quand vous décrivez une adolescence passée à boire des Slush Puppies à la galerie marchande de North Hills. Aucun python de quatre mètres cinquante n'est jamais venu sur le terrain de basket de mon école. J'ai supplié, j'ai prié jour et nuit, mais cela n'est jamais arrivé. Je n'ai jamais non plus assisté à un coup d'État militaire où les sympathisants d'un colonel déboulent tard le soir pour assassiner le voisin d'à côté. Hugh se trouvait à la maison des jeunes d'Addis-Abeba quand l'électricité fut coupée et que les soldats arrivèrent pour évacuer le bâtiment. Lui et ses amis durent se cacher à l'arrière d'une Jeep et se dissimuler sous des couvertures durant le trajet jusque chez eux. Allez savoir pourquoi, c'est un souvenir qu'il garde bien présent à l'esprit.

Parmi mes grands moments personnels, je me rappelle avoir été pris en photo avec oncle Paul, l'animateur télé officiellement aveugle d'une émission pour enfants à Raleigh. Hugh, lui, se souvient d'avoir été pris en photo avec Buzz Aldrin, à la fin de la tournée mondiale de l'astronaute. L'homme qui avait marché sur la lune a posé la main sur l'épaule de Hugh et a proposé de signer son cahier d'autographes. À côté de ça, l'homme qui, l'après-midi, dirigeait la chorale des écoliers du comté de Wake s'est retourné au son de ma voix et a demandé : « Alors, comment t'appelles-tu, princesse ? »

À l'âge de quatorze ans, je fus envoyé dix jours chez ma grand-mère maternelle dans l'État de New York. C'était une petite femme renfermée qui s'appelait Billie, et même si elle ne me posa jamais directement la question, j'avais la nette impression qu'elle ne voyait pas du tout qui j'étais. C'était sa façon de me regarder en louchant derrière ses lunettes tout en mâchouillant sa lèvre inférieure. Ça, et le fait que pas une fois elle ne m'appela par mon prénom. « Ah, disait-elle, tu es encore ici ? » Elle débutait un long combat contre la maladie d'Alzheimer, et, chaque fois que j'entrais dans la pièce, j'éprouvais le besoin de me présenter à nouveau pour la mettre à l'aise. « Bonjour, c'est moi. David, le fils de Sharon. J'étais juste dans la cuisine, j'admirais ta collection de crapauds en céramique. » Hormis quelques séjours en colonie de vacances, je n'avais jamais quitté aussi longtemps la maison, et j'aime à penser que l'expérience m'a endurci.

À peu près à l'époque où j'effrayais ma grand-mère, Hugh et sa famille faisaient leurs valises pour emménager en Somalie. Il n'y avait pas d'école anglophone à Mogadiscio, si bien qu'après quelques mois passés à se prélasser dans la résidence familiale en compagnie de son singe apprivoisé, Hugh fut renvoyé en Éthiopie pour habiter chez un passionné de bière que son père avait rencontré à un cocktail. M. Hoyt installait des systèmes de sécurité dans des ambassades étrangères. Lui et sa famille donnèrent une chambre à Hugh. Ils l'invitèrent à partager leurs repas, mais leur hospitalité s'arrêtait à peu près là. Personne ne lui demanda jamais sa date d'anniversaire, de sorte que, le jour venu, il garda son secret pour lui. Il n'existait pas de liaison téléphonique entre l'Éthiopie et la Somalie, et les lettres à ses parents étaient envoyées à Washington, puis transférées à Mogadiscio, ce qui signifiait que les nouvelles qu'il donnait avaient plus d'un mois lorsqu'ils les recevaient. Je suppose que ce n'était pas très différent de la vie d'un élève dans le cadre d'un échange à l'étranger. Les jeunes gens pratiquent cela régulièrement, mais moi ça me paraît atroce. Les Hoyt avaient deux enfants à peu près de l'âge de Hugh, qui disaient des choses comme « Hé, c'est *notre* canapé sur lequel tu es assis » et « Enlève tes pattes de cette chope décorative. Elle n'est pas à toi ».

Il habitait chez ces gens depuis un an quand il surprit M. Hoyt en train d'annoncer à un ami que lui et sa famille allaient bientôt s'installer à Munich, la capitale mondiale de la bière.

« Et ça m'a inquiété, a dit Hugh, parce que ça signifiait que j'allais devoir me trouver un autre endroit où habiter. »

Là où j'ai passé mon enfance, trouver un abri est un problème que l'adolescent moyen pourra en toute confiance laisser à ses parents. Cela coulait de source, au même titre qu'avoir une maman et un papa. Craignant d'être envoyé dans le Kentucky chez ses grands-parents, Hugh s'adressa au conseiller d'orientation, qui avait entendu parler d'une famille dont le fils était récemment parti pour l'université. Ainsi passa-t-il une année supplémentaire chez des inconnus, à garder pour lui la date de son anniversaire. Certes, je n'aurais jamais voulu que cela m'arrive, cependant je ne peux m'empêcher d'envier la force d'esprit que l'expérience lui a apportée. Après avoir obtenu son diplôme universitaire, il s'est installé en France en connaissant uniquement la phrase « Parlez-vous français ? » – question qui à coup sûr ne mène nulle part, à moins que vous parliez aussi la langue.

À l'époque où ils habitaient en Afrique, Hugh et sa famille partaient fréquemment en vacances, souvent en compagnie de leur singe. Le Hilton de Nairobi, ou une suite aux chambres hautes de plafond au Caire ou à Khartoum : ce sont de tels endroits que les membres de sa famille évoquent lorsqu'ils se retrouvent à une même table. « Était-ce l'été que nous avons passé à Beyrouth, ou, non, je pense à la fois où nous avons pris le bateau de Chypre et l'Orient Express jusqu'à Istanbul. »

Leur vie était celle dont je rêvais pendant mes vacances en Caroline du Nord. La famille de Hugh frayait avec les chefs et les sultans pendant que moi je mangeais des *hush puppies* au marché au poisson de Morehead City, le visage enroulé dans une serviette de bain façon masque chirurgical. Un inconnu pataugeait peut-être dans un fossé boueux en rêvant d'une soirée passée dans un gentil restaurant familial, à boire du thé glacé en se régalant d'un immense plateau de fruits de mer, mais pas moi. Je n'étais pas content de mon sort. Plutôt que de céder à l'amertume, j'ai appris à me satisfaire de la vie que Hugh a menée. Ses histoires sont, avec le temps, devenues les miennes. Je dis ça sans la moindre trace de *kumbaya*. Il n'y a pas symbiose spirituelle ; je suis juste un chapardeur qui choure les souvenirs comme s'il s'agissait d'une poignée de petite monnaie oubliée sur un buffet. Lorsque ma propre expérience ne fait pas l'affaire, je puise dans celle de Hugh. C'est avec plaisir que je me remémore parfois le visage empourpré du pendu ou la détonation du pistolet à mes oreilles tandis que je voyais le sang former une mare sous le porcelet blanc. En revenant de l'abattoir, nous nous sommes arrêtés pour boire un Coca au village de Mojo, où le propriétaire de la station-service avait disposé quelques chaises et quelques tables sous une voûte de plantes grimpantes à l'agonie. Nous sommes revenus à l'école en fin d'après-midi, et un autre car m'a emmené au pied de Coffeeboard Road. Une fois sur place, j'ai traversé un bosquet d'eucalyptus, longé un pré sec où paissait du bétail affamé, je suis passé devant le garde assoupi dans sa maison et me suis jeté dans les bras affectueux de mon singe.

Un fléau de tics

Lorsque la maîtresse a demandé si elle pouvait rendre visite à ma mère, j'ai appliqué huit fois le nez sur la surface de mon bureau.

« Puis-je considérer qu'il s'agit d'un "oui" ? »

Selon ses calculs, je m'étais levé de ma chaise vingt-huit fois ce jour-là. « Tu gesticules comme une puce. Je tourne le dos deux minutes et te voilà la langue collée à l'interrupteur. On fait peut-être ça chez toi mais dans ma classe on ne se lève pas de sa chaise et on ne lèche pas les objets quand ça nous chante. C'est l'interrupteur de Mlle Chestnut et elle aime qu'il reste sec. Tu voudrais que je vienne chez toi et que je mette ma langue sur *tes* interrupteurs ? Hein, tu voudrais ? »

J'ai essayé de l'imaginer en pleine action, mais ma chaussure m'appelait. *Retire-moi*, soufflait-elle. *Tapote-toi le front avec mon talon trois fois. Tapote-toi le front avec mon talon trois fois. Fais-le maintenant, vite, personne ne le remarquera.*

« Alors ? » Mlle Chestnut a froncé ses fins sourcils redessinés au crayon. « Je te pose une question. Voudrais-tu oui ou non que je vienne lécher les interrupteurs chez toi ? »

J'ai ôté ma chaussure, en faisant semblant d'examiner l'empreinte sur le talon.

« Tu vas te frapper la tête avec cette chaussure, n'est-ce pas ? »

Il ne s'agissait pas de « frapper », juste de tapoter ; il n'empêche, comment a-t-elle su ce que je m'apprêtais à faire ?

« Les marques de talon sur ton front, a-t-elle dit, en réponse à ma question silencieuse. Tu devrais te regarder dans la glace, de temps en temps. Les chaussures sont des choses sales. Nous les portons aux pieds pour nous protéger du sol. Tu trouves que c'est hygiénique de se frapper la tête avec des chaussures ? »

J'ai supposé que non.

« Supposé ? On ne joue pas aux énigmes. Moi, je ne "suppose" pas qu'il est dangereux de courir dans la rue avec un sac en papier sur la tête quand il y a de la circulation. Il n'y a rien à supposer. Il s'agit de faits, pas de devinettes. » Elle s'est assise à son bureau et a poursuivi sa réprimande tout en rédigeant un mot à l'attention de mes parents. « J'aimerais discuter un peu avec ta mère. Tu en as une, n'est-ce pas ? J'imagine que tu n'as pas été élevé par des bêtes. Elle est aveugle, ta mère ? Elle voit comment tu te comportes, ou bien tu réserves tes simagrées exclusivement à Mlle Chestnut ? » Elle m'a tendu le bout de papier plié. « Tu peux disposer, maintenant, et sur le chemin de la sortie, je te demanderai de ne pas mouiller mon interrupteur avec ta langue infestée de microbes. Il a déjà eu une journée éprouvante ; et moi aussi. »

L'école n'était pas loin de chez nous, guère plus de six cent trente-sept pas, et les bons jours, j'arrivais à parcourir le trajet en une heure, m'arrêtant tous les cinquante centimètres pour donner un coup de langue à une boîte aux lettres ou toucher la feuille ou le brin d'herbe qui réclamait mon attention. Si j'oubliais le nombre de pas, il fallait que je retourne à l'école et que je recommence à zéro. « Déjà revenu ? demandait le concierge. Tu ne t'en lasses pas, de cet endroit, hein ? »

Il se trompait complètement. Je voulais plus que tout au monde être à la maison, le problème c'était d'y arriver. Je pouvais très bien toucher le poteau téléphonique au pas trois cent quatorze, et ensuite, quinze pas plus tard, m'inquiéter de ne pas l'avoir touché au bon endroit. Mon esprit vagabondait un bref instant et, là, le doute s'immisçait, m'amenant à remettre en question non seulement le poteau téléphonique mais aussi l'espèce de décoration sur la pelouse au pas deux cent dix-neuf. Il fallait alors que je rebrousse chemin et que je lèche le champignon en béton une fois de plus, en espérant que sa gardienne ne sortirait pas à nouveau de la maison en hurlant : « Éloigne ta figure de mon champignon vénéneux ! » Il pouvait bien pleuvoir ou je pouvais bien avoir envie d'aller aux toilettes, rentrer à la maison en courant était exclu. C'était un processus long et compliqué qui exigeait d'accorder une attention étouffante aux détails. Ce n'était pas que ça me plaisait de plaquer le nez sur le capot brûlant d'une voiture garée – le plaisir n'avait rien à voir là-dedans. Il *fallait* que quelqu'un fasse ces choses, car il n'y avait rien de pire que l'angoisse de ne pas les faire. Que je vienne à contourner cette boîte aux lettres, et mon cerveau m'empêcherait à jamais d'oublier cela. Je pouvais être assis en plein dîner ou déjeuner, me mettant au défi de ne pas y penser, et la pensée revenait visiter mon esprit. *N'y pense pas*. Mais c'était déjà trop tard et je savais alors exactement ce que j'avais à faire. Me faire excuser sous prétexte d'aller aux toilettes, sortir par la porte de devant et retourner à la boîte aux lettres, pas juste la toucher mais donner un coup, pratiquement cogner dessus, tant je pensais la détester. Ce que je détestais vraiment, en réalité, c'était mon esprit. Il devait bien y avoir un interrupteur pour l'éteindre quelque part, mais fichtre, je ne le trouvais pas.

Je ne me souvenais pas que les choses aient été comme ça quand on habitait dans le Nord. Notre famille avait été mutée d'Endicott, dans l'État de New York, à Raleigh, en Caroline du Nord. C'était le terme utilisé par les gens d'IBM, *muté*. Notre nouveau foyer était en construction, mais en attendant qu'il soit terminé, nous étions confinés dans une location censée ressembler à une maison de planteurs. La demeure se trouvait dans un jardin dépourvu d'arbres, nu comme un crâne, dont les colonnes blanches promettaient une certaine majesté, promesse que l'intérieur cependant ne tenait pas. La porte d'entrée donnait sur un vestibule sombre, étroit, autour duquel étaient distribuées des chambres à coucher à peine plus spacieuses que les matelas qui les occupaient. Notre cuisine était située au premier étage, jouxtant la salle de séjour, dont la fenêtre panoramique donnait sur un mur en parpaings bâti pour retenir la marée de boue générée par le tas de terre avoisinant.

« Notre petit coin d'enfer », disait ma mère, s'éventant avec l'un des bardeaux qui jonchaient le jardin devant chez nous.

Aussi déprimant que cela pût être, arriver à la véranda de la maison signifiait que j'avais accompli le premier volet de l'amer parcours menant à ma chambre. Une fois à la maison, je touchais la porte d'entrée sept fois de chaque coude, tâche rendue plus ardue s'il y avait quelqu'un dans les parages. « Pourquoi n'essaies-tu pas la poignée, disait ma sœur Lisa. C'est ce que tous les autres font, et apparemment, pour nous, ça marche. » À l'intérieur de la maison, il y avait des interrupteurs et des butoirs de porte dont il fallait tenir compte. Ma chambre à coucher donnait directement sur le vestibule, mais il y avait au préalable des choses dont je devais m'occuper. Après avoir embrassé les quatrième, huitième et douzième marches tapissées, j'essuyais le poil de chat que j'avais sur les lèvres et je passais à la cuisine, où j'avais ordre de caresser les brûleurs de la cuisinière, d'appuyer le nez contre la porte du réfrigérateur, et de disposer en rang le percolateur, le grille-pain et le mixeur. Après avoir fait le tour de la salle de séjour, il était temps que je m'agenouille à côté de la rampe d'escalier et plante à l'aveuglette un couteau à beurre en direction de ma prise électrique favorite. Il y avait des ampoules à lécher et des robinets de salle de bains à tester avant d'être enfin libre d'entrer dans ma chambre, où j'alignais soigneusement les objets sur la commode, léchais les coins de mon bureau en métal et m'allongeais sur mon lit, et là je me balançais d'avant en arrière en me disant que Mlle Chestnut était tout de même une drôle de maîtresse de CE2. Pourquoi venir ici lécher mes interrupteurs alors qu'elle n'utilisait jamais ceux qu'elle avait ? Peut-être était-elle ivre.

Dans le mot qu'elle m'avait remis, elle demandait si elle pouvait éventuellement venir chez nous afin de discuter de ce qu'elle désignait comme mes « problèmes particuliers ».

« Tu t'es levé en classe pour aller lécher l'interrupteur ? » a demandé ma mère. Elle a posé la lettre sur la table et s'est allumé une cigarette.

« Une fois ou deux, ai-je dit.

– Une fois ou deux quoi ? Toutes les demi-heures ? Toutes les dix minutes ?

– Je ne sais pas, ai-je menti. Qui est-ce qui irait compter ça ?

– Eh bien, la satanée maîtresse qui t'enseigne les maths, pour commencer. C'est son *métier*, de compter. Non mais enfin, tu crois qu'elle ne va pas le remarquer ?

– Remarquer quoi ? » Cela ne manquait jamais de m'étonner, que les gens remarquent ces choses-là. Mes actions étaient si intensément intimes que j'avais toujours estimé qu'elles étaient d'une certaine manière invisibles. Lorsque j'étais acculé, j'exigeais que le témoin se fût trompé.

« Comment ça “remarquer quoi” ? J'ai reçu un coup de fil cet après-midi de la dame qui habite plus loin dans la rue, Mme Keening, celle qui a les jumelles. Elle a dit qu'elle t'avait surpris deux fois dans son jardin, à quatre pattes, en train d'embrasser son journal du soir.

– Je ne l'embrassais pas. J'essayais juste de lire la une.

– Et tu avais besoin de te mettre aussi près ? Il faut peut-être qu'on te trouve des lunettes plus épaisses.

– Eh bien oui, peut-être, ai-je dit.

– Et je suppose que cette Mlle… » Ma mère a déplié la lettre et étudié la signature. « Que cette Mlle Chestnut se trompe aussi ? C'est ce que tu es en train de me dire ? Peut-être qu'elle t'a confondu avec l'autre garçon qui se lève de sa chaise pour aller lécher le taille-crayon ou toucher le drapeau ou je ne sais ce qui te passe par la tête dès qu'elle a le dos tourné ?

– C'est très probable, ai-je dit. Elle est vieille. Elle a des taches sur les mains.

– Combien ? » a demandé ma mère.

L'après-midi où Mlle Chestnut est venue nous rendre visite, j'étais dans ma chambre, je me balançais. Contrairement à mes comptages et mes touchers obsessionnels, mes balancements n'étaient pas un devoir obligatoire mais un exercice volontaire éminemment agréable. C'était mon passe-temps et je n'aimais rien tant que ça. Il ne s'agissait pas de se balancer jusqu'à s'endormir. Ce n'était pas une étape vers quelque objectif plus grand. Le mouvement perpétuel me libérait l'esprit, me permettait de réfléchir à toutes ces choses et de construire des fantasmes formidablement élaborés. Là-dessus vous me mettiez une radio à disposition et j'étais content de me balancer jusqu'à trois ou quatre heures du matin, en écoutant le hit-parade pour découvrir que chaque chanson sans exception parlait de moi. Il fallait peut-être que je réécoute la même chanson deux ou trois cents fois, mais tôt ou tard, le message intime qu'elle contenait apparaissait. Comme c'était agréable et relaxant, mon balancement était voué à dérailler, empêché le plus souvent par mon cerveau, qui me refusait plus de dix minutes consécutives de bonheur. Lorsque j'entendais les premiers accords de ma chanson préférée, une voix chuchotait : *Ne devrais-tu pas être à l'étage, afin de t'assurer qu'il reste vraiment cent quatorze grains de poivre dans le petit pot en céramique ? Et, tiens, quand tu seras là-haut, tu en profiteras pour vérifier le fer et t'assurer qu'il ne met pas le feu à la chambre du bébé*. La liste des exigences s'allongeait à vue d'œil. *Et l'antenne de la télévision ? Fait-elle toujours un V parfait, ou bien une de tes sœurs a-t-elle tout dérangé ? Tu sais, je me demandais juste si le couvercle du pot de mayonnaise était bien refermé. Allons jeter un œil, tu veux ?*

J'étais sur le point de vraiment bien m'amuser, tout près de déchiffrer le code complexe de la chanson, et c'est là que mes pensées se mettaient à me parasiter. L'astuce consistait à gagner du temps jusqu'à ce que le disque cesse d'être mon préféré, à attendre qu'il ait quitté sa place de numéro un au hit-parade, et là je dupais mon esprit en lui faisant croire que désormais je m'en fichais.

Je commençais à me lasser de « The Shadow of Your Smile » quand Mlle Chestnut est arrivée. Elle a fait retentir la sonnette, j'ai entrouvert la porte de ma chambre et regardé ma mère qui l'invitait à entrer.

« Je vais vous demander de m'excuser pour tous ces cartons. » D'une pichenette ma mère a éjecté sa cigarette par la porte dans le jardin jonché de détritus. « Ils sont remplis de cochonneries, tous sans exception, mais pourtant, pas question de se débarrasser de quoi que se soit. Oh non, on ne peut pas faire ça ! Mon mari a tout conservé : les coupons verts et les bons de réduction jusqu'au dernier, les maillots de bain devenus trop petits et les chutes de lino, tout est là avec les cailloux et les bâtons noueux qui ressemblent comme deux gouttes d'eau, jure-t-il, à l'ancien patron de son service ou au directeur régional associé ou je ne sais quoi encore. » Elle s'est essuyé le front avec une serviette en papier roulé en boule. « Enfin bref, au diable tout cela. On dirait qu'un petit verre ne vous ferait pas de mal, scotch, ça vous va ? »

Les yeux de Mlle Chestnut se sont illuminés. « Vraiment, je ne devrais pas, mais bon, après tout, pourquoi pas ? » Elle a suivi ma mère qui montait les escaliers. « Juste une goutte avec de la glace, pas d'eau. »

J'ai essayé de me balancer dans mon lit, mais le son de leurs rires m'a attiré sur le palier, en haut, où, de mon poste d'observation, derrière un gigantesque carton garde-robe, j'ai regardé les deux femmes qui discutaient de mon comportement.

« Ah, vous voulez dire sa manie de toucher », a dit ma mère. Elle a scruté le cendrier posé devant elle sur la table en plissant les yeux comme un chat ayant repéré un écureuil. Son regard fixe et concentré laissait entendre que rien d'autre n'avait d'importance. Le temps s'est arrêté, elle est devenue sourde aux cliquetis bruyants du ventilateur et aux chamailleries de mes sœurs devant le garage. Elle a ouvert la bouche très légèrement, a passé la langue sur sa lèvre supérieure, puis elle s'est avancée de quelques centimètres, poussant doucement de l'index le cendrier comme si c'était un objet endormi qu'elle essayait de réveiller. Je ne m'étais jamais vu en action mais la sensation nette et cinglante de me reconnaître m'a fait dire que l'imitation de ma mère était réussie.

« Impayable ! » a ri Mlle Chestnut en joignant les mains de plaisir. « Oh, très bien vu, c'est tout à fait lui. Bravo, je vous mets 20/20.

– Dieu seul sait où il va chercher tout ça, a dit ma mère. À l'heure qu'il est, il est probablement dans sa chambre, à compter ses cils ou à ronger les poignées de sa commode. À une ou deux heures du matin il y est encore, à s'agiter dans la maison, à enfoncer le doigt dans le panier à linge, à appuyer sa figure sur la porte du réfrigérateur. Ce gamin est tendu comme un arc, mais ça lui passera. Dites, Katherine, je vous ressers un petit scotch ? »

Maintenant, c'était Katherine. D'ici quelques verres elle se joindrait sans doute à la famille pour les vacances estivales. Comme c'était facile, pour les adultes, de sympathiser au deuxième verre. Je suis retourné dans mon lit, j'ai monté le volume de la radio pour ne pas être dérangé par leurs jacassements. Comme Mlle Chestnut était ici, à la maison, je savais que les voix allaient bientôt me donner l'ordre de descendre à la cuisine pour que je me donne en spectacle. J'allais peut-être devoir téter le manche du balai ou me mettre debout sur la table afin de toucher la douille du plafonnier, mais quoi qu'il me soit demandé, je n'aurais d'autre possibilité que de m'exécuter. La chanson qui passait à la radio ne posait cependant pas de problème, les paroles aussi limpides que si je les avais écrites moi-même. « Bon, je crois que je perds la boule, chantait le type, oui, je crois que je perds la boule. »

Suite à la visite de Mlle Chestnut, mon père a tenté de me guérir par une série de menaces. « Tu touches ce pare-brise encore une fois avec ton nez, et je te garantis que tu vas le regretter », a-t-il dit en rentrant à la maison après être passé à l'épicerie avec sur les genoux un tas de bons de réduction refusés au motif qu'ils avaient été collectés en dehors de l'État. Il était pour moi quasiment impossible de me trouver sur le siège passager d'une voiture et de ne pas plaquer le nez contre le pare-brise, et maintenant que cette activité avait été interdite, elle était plus irrésistible que jamais. J'ai essayé de fermer les yeux, espérant ainsi éliminer mon désir, mais je me suis surpris à songer que c'était peut-être plutôt à *lui* de fermer les yeux. Bon, et alors, si j'avais envie de toucher le pare-brise avec mon nez ? Ça faisait du mal à qui ? En quel honneur mon père pouvait-il constamment tripatouiller sa petite monnaie et se mordiller la lèvre inférieure sans être menacé de châtiment ? Ma mère fumait et Mlle Chestnut se massait la taille vingt à trente fois par jour – et *moi* je ne pouvais pas coller le nez contre le pare-brise d'une voiture ? J'ai ouvert les yeux d'un air bravache, mais quand il m'a vu approcher de ma cible, mon père a appuyé sèchement sur la pédale de frein.

« Ça t'a plu, hein ? » Il m'a tendu une serviette de golf pour que j'essuie le sang que j'avais sur le nez. « Tu as apprécié la sensation ? »

Apprécier ? Le terme était trop faible pour décrire ce que j'avais ressenti. J'avais adoré ça. À condition d'être asséné avec toute la force requise, un coup sur le nez peut avoir un effet positivement stupéfiant. Toucher des objets satisfaisait une démangeaison mentale, mais c'était une tâche qui impliquait un grand nombre de mouvements : courir à l'étage, traverser la pièce, retirer une chaussure. Je découvris bientôt que ces mêmes besoins pressants pouvaient être assouvis à l'intérieur des confins de mon propre corps. Me donner un coup de poing sur le nez c'était un bon début, mais cette pratique a été abandonnée quand j'ai commencé à rouler les yeux le plus loin possible dans leurs orbites, exercice qui me procurait de brèves décharges d'une douleur sourde et enivrante.

« Je vois exactement de quoi vous parlez, a dit ma mère à Mme Shatz, ma maîtresse de CM1 venue lui rendre visite. Les yeux qui partent dans tous les sens, on a l'impression de parler à une machine à sous. Espérons qu'un jour il rapportera quelque chose, mais en attendant, que diriez-vous d'un autre petit verre de vin ? »

« Hé, l'ami, dit mon père, si tu essaies de bien voir ce que tu as à l'intérieur du crâne, je peux te dire tout de suite que tu perds ton temps. Il n'y a rien à y voir, et ces bulletins scolaires en sont la preuve. »

Il avait raison, j'avais le nez collé contre la porte, le tapis, le pare-brise, mais, sur le plan scolaire, je ne l'avais manifestement pas dans le guidon. L'école ne présentait au demeurant aucun intérêt. Je passais mes journées à attendre de revenir dans la pénombre de la chambre de notre nouvelle maison, où je pouvais à ma guise rouler des yeux, écouter la radio et me balancer.

Je me suis mis à secouer violemment la tête, saisi par la sensation de mon cerveau qui cognait contre le bord de mon crâne. C'était tellement agréable et ça prenait tellement peu de temps ; juste quelques brèves secousses et j'étais satisfait pendant une durée allant parfois jusqu'à quarante-cinq secondes.

« Asseyez-vous et laissez-moi vous offrir une boisson fraîche. » Ma mère a laissé un instant mes enseignants de CM2 puis de sixième debout devant le coin repas pendant qu'elle entrait dans la cuisine pour fêter ça en sortant le bac à glaçons du congélateur. « Je suppose que vous êtes ici à propos des secousses de la tête, n'est-ce pas ? s'est-elle écriée. C'est mon fils, que voulez-vous, on ne risque pas de le prendre pour une statue. » Elle a proposé à mes professeurs d'interpréter mes saccades capitales comme un hochement de tête signifiant que je donnais mon assentiment. « C'est ce que je fais, et c'est comme ça que j'ai obtenu son accord pour qu'il lave la vaisselle pour les cinq années à venir. Je demande, il fait son brusque mouvement de tête, et l'affaire est entendue. Je vais quand même vous demander un service, merci de ne pas me le garder le soir après cinq heures. J'ai besoin qu'il soit à la maison pour ranger et faire les lits avant le retour de son père. »

Cela faisait partie du jeu que jouait ma mère. Elle en faisait des tonnes, et charmait son monde avec ses plaisanteries et ses exagérations. Lorsqu'on avait de la visite elle feignait souvent d'oublier le nom de ses six enfants. « Hé, George, ou Agnes, enfin quel que soit ton nom, que dirais-tu de filer dans ta chambre me trouver mon briquet ? » Elle remarquait mes tics et mes manies mais aucun ne la gênait ni ne l'ennuyait véritablement. Ses observations étaient recueillies et racontées dans le cadre de sketchs qui ne ressemblaient guère à nos vies.

« J'extrapole peut-être, mais je parie que vous êtes ici à propos des toutes petites voix, a-t-elle dit en offrant un verre de xérès à un de mes professeurs de cinquième venu lui rendre visite. J'envisage de l'envoyer voir un exorciste ou de lui acheter une poupée, histoire qu'il rapporte un peu d'argent comme ventriloque. »

C'était venu de nulle part ce besoin pressant et désespéré de faire sortir du fond de ma gorge de petits sons aigus. Ce n'étaient pas les mots mais les sons qui satisfaisaient une forte envie dont je n'avais jusqu'alors pas pris conscience. Ce n'était pas ma voix mais celle d'une diva de la taille d'un dé à coudre collée à la base de ma luette. « Iiiiiii – ummmmmmmmmm – ehhhhhhh – ahhh – miiiiiiiii. » J'étais l'hôte de ces vagissements sans cependant pouvoir les contrôler. Lorsque je poussais des cris en classe, les professeurs au tableau se retournaient en prenant un air de plus en plus troublé. « Est-ce que quelqu'un fait crisser un ballon ? Qui fait ce bruit ? »

J'essayais d'inventer des excuses, mais tout paraissait bien peu vraisemblable. « Il y a une abeille qui habite dans ma gorge. » Ou : « Si je n'exerce pas mes cordes vocales toutes les trois minutes, il y a de fortes chances que je ne puisse plus jamais avaler. » Les bruits que j'émettais ne remplaçaient aucune de mes habitudes antérieures, c'était juste quelque chose qui s'ajoutait à ce qui était devenu une étrange collection de tics. Pire que les glapissements et les mouvements convulsifs constants, il y avait la crainte que le lendemain apporte quelque chose de pire encore, que je me réveille avec le besoin pressant de secouer la tête des gens. Je pouvais passer des jours sans rouler des yeux, mais tout me revenait à l'instant où mon père disait : « Tu vois, je savais que tu pourrais arrêter, il suffisait que tu te concentres un peu. Maintenant, tu n'as plus qu'à laisser ta tête tranquille et arrêter ces bruits, et tout sera réglé. »

Réglé pour quoi ? me demandais-je. Souvent, en me balançant, j'imaginais ma carrière de star du cinéma. J'assistais à une première sous un ciel illuminé par les projecteurs, une écharpe de satin placée nonchalamment autour du cou. Je comprenais bien que la plupart des acteurs n'interrompaient probablement pas une scène d'amour pour coller le nez à la caméra ou pousser un bref « Iiiiiii – ahhhhhhh » pendant un monologue dramatique, mais dans mon cas, le monde serait d'accord pour faire une exception. « C'est un film émouvant et touchant, diraient les journaux. Une performance électrisante, à vous en faire sortir les yeux des orbites, le public couine et les critiques acquiescent de la tête : "Oscar, oscar, oscar." »

J'aimerais penser que certaines de mes habitudes nerveuses se sont estompées durant mes années de lycée, cependant mes photos de classe ne corroborent pas cette version des faits. « Il suffit de dessiner les globes oculaires manquants et celle-ci ne serait pas mal », disait ma mère. Dans les photos de groupe, j'étais facile à identifier : la tache floue au dernier rang. À un moment, je me suis dit que si j'accompagnais mes habitudes de tenues vestimentaires extravagantes, je pourrais peut-être passer pour un excentrique plutôt que pour un simple arriéré mental. J'avais tort. Seul un parfait crétin se serait promené dans les couloirs de mon lycée avec un cafetan traînant jusqu'au sol ; quant aux innombrables médaillons suspendus à mon cou, j'aurais aussi bien pu arborer une cloche de vache. Ils tintaient et cliquetaient à chaque mouvement de ma tête, attirant l'attention, alors que sans eux j'aurais pu passer inaperçu. Mes lunettes gigantesques ne faisaient que fournir une vision plus claire de mes brusques mouvements d'yeux, et les grosses chaussures à semelles compensées me faisaient des bosses lorsque je m'en servais discrètement pour me tapoter le front. J'étais dans un sale état.

Je me trompe peut-être, mais, selon mes calculs, j'ai eu quatorze minutes de sommeil au cours de la totalité de ma première année d'université. J'avais toujours eu ma propre chambre, un endroit impeccablement rangé et d'une propreté méticuleuse où je pouvais en toute intimité me livrer à mes petites manies. Désormais j'allais avoir un coturne, un parfait inconnu qui allait perturber mon rythme quotidien avec son droit inaliénable d'exister. La perspective était terriblement gênante, et je suis arrivé à l'université remonté comme une pendule.

« Les médecins me disent que si je cogne assez fort, il y a de fortes chances que ma tumeur au cerveau se ratatine, et il n'y aura pas besoin d'opérer », ai-je annoncé à mon coturne la première fois qu'il m'a surpris à branler du chef. « En attendant, les autres spécialistes m'ont donné des exercices pour les yeux afin de durcir ce qu'ils appellent les "fibres cornéennes", même si je ne sais pas trop ce que ça signifie. Je dois me taper plein d'allers et retours, mais qu'est-ce que j'y peux, hein ? Quoi qu'il en soit, vas-y, installe-toi. Je crois que je vais juste tester cette douille avec un couteau à beurre et réarranger quelques objets posés sur la coiffeuse. Voilà voilàààààààààààà. C'est toujours ce que je diiiiiiiiiis. »

Il était déjà drôlement difficile de trouver des excuses, mais la véritable souffrance c'était de devoir renoncer à mes balancements.

« Arrêtt ein peu, Romeo », a grommelé mon coturne la première nuit où il a entendu couiner les ressorts de mon lit. Il pensait que je me masturbais, et certes je tenais à le détromper, toutefois mon petit doigt me soufflait que je n'avais rien de plus à gagner en lui disant simplement que je me balançais dans mon lit, comme n'importe quel autre étudiant de dix-huit ans. C'était une torture de rester allongé comme ça à ne rien faire. Même avec une radio portative et des écouteurs, il n'y avait aucun intérêt à écouter de la musique si je ne pouvais pas chalouper d'avant en arrière, la tête sur l'oreiller. Se balancer en gros c'est comme danser à l'horizontale, et cela me permettait de pratiquer en privé ce que je détestais en public. Avec mes brusques mouvements de tête, mes yeux qui roulaient et mes rapides coups de poignard dans le vide, j'aurais fait un tabac si j'étais sorti de mon lit pour laisser libre cours à mes tics sur la piste de danse. J'aurais dû dire à mon coturne que j'étais épileptique et en rester là. Il aurait peut-être traversé de temps en temps la chambre au pas de course pour m'enfoncer le bâtonnet d'un esquimau dans le fond de la gorge, et alors ? J'avais l'habitude de retirer les échardes plantées dans ma langue. *Qu'est-ce qu'une personne ordinaire était censée faire*, me demandais-je, *lorsqu'elle se retrouvait allongée dans le noir ?* Cela ne rimait à rien de rester à l'horizontale sans bouger, à imaginer une vie plus radieuse. En plissant les yeux dans l'obscurité de cette exiguë cellule en parpaings, je me suis rendu compte qu'une vie entière de vœux pieux ne m'avait pas mené bien loin. Il n'y aurait pas de foule en liesse ni de prestigieux réalisateurs qui hurleraient dans leurs porte-voix. Il allait peut-être falloir que j'encaisse cette âpre réalité allongé, mais, en m'y essayant, ne pouvais-je pas me balancer d'avant en arrière juste un tout petit peu ?

Ayant appris par cœur l'emploi du temps de mon coturne, je me dépêchais de retourner dans ma chambre entre les cours pour me balancer en de frénétiques élans, mais je ne savourais jamais complètement ces moments, tant je craignais à tout instant qu'il ne revienne. Il pouvait être malade, ou décider à la dernière seconde de sécher le cours. J'entendrais sa clé dans la porte et sortirais d'un bond du lit en aplatissant mes cheveux ébouriffés et j'attraperais un livre de classe que je laissais toujours sur ma table de chevet. « Je révise pour le prochain contrôle de poterie, dirais-je. Je n'ai rien fait d'autre, je suis simplement resté là à étudier l'histoire des cruches. » J'avais beau déployer de formidables efforts, on finissait toujours par avoir l'impression que j'étais coupable de quelque chose de mystérieux ou de pervers. *Lui*, en revanche, n'avait jamais l'air embarrassé lorsqu'on le surprenait en train d'écouter un de ses nombreux albums de *heavy metal*, pratique autrement plus honteuse que tout ce que je pourrais imaginer. Il n'y avait pas d'autre solution : il fallait que je trouve un moyen de me débarrasser de ce gars.

Son principal point faible semblait être sa petite amie, dont il avait punaisé une photographie à une place d'honneur, au-dessus de la chaîne stéréo. Ils sortaient ensemble depuis la seconde, et tandis que lui était parti pour l'université, elle était restée pour faire une école d'infirmières en deux ans dans leur ville natale. À force d'écouter le Top 50 à la radio j'avais une idée de l'amour ridicule et pétrie de clichés. Je n'avais personnellement jamais éprouvé ce sentiment, mais je savais que cela signifiait ne jamais avoir à dire qu'on était désolé. C'était une chose aux mille splendeurs. L'amour était une rose *et* un marteau. Aveugle et cependant rien ne lui échappait, il faisait tourner le monde.

Mon coturne pensait que lui et sa petite copine étaient assez forts pour tenir un mois sans se voir, mais je n'en étais pas si sûr. « Je ne sais pas si je lui ferais confiance au milieu de tous ces médecins, ai-je dit. L'amour se fane lorsqu'on ne s'en occupe pas, surtout dans un environnement comme l'hôpital. Loin des yeux loin du cœur, tu gagnes ou tu perds, et toujours tu espères. Réfléchis-y. »

Quand mon coturne partait pour le week-end, je passais deux jours entiers à me balancer au lit en fantasmant le tragique accident de voiture dans lequel il périrait. Je l'imaginais emmailloté comme une momie, les bras et les jambes accrochés à des poulies. « Le temps panse les blessures du cœur, dirait sa mère, en rangeant ses derniers albums dans une caisse. Deux ans de repos alité et il sera de nouveau d'attaque. Une fois qu'il sera sorti de l'hôpital, je pense que je l'installerai dans le séjour. Il aime bien. »

Parfois je l'autorisais à s'en sortir indemne, imaginant qu'il s'engageait dans l'armée ou épousait sa petite copine pour s'installer dans un endroit chaud et ensoleillé comme le Pérou ou l'Éthiopie. L'important était qu'il quitte cette piaule et n'y revienne jamais. Je me débarrasserais de lui puis passerais à la personne suivante, puis à celle d'après, jusqu'à ce qu'il n'y ait plus que moi, à me balancer et me secouer dans l'intimité.

Le premier trimestre, au bout de deux mois, mon coturne a rompu avec sa petite copine. « Et je vais passer chaque jour et chaque nuit assis là dans cette chambre jusqu'à ce que je comprenne où j'ai foiré le truc. » Il tamponnait ses yeux humides avec les manches de sa chemise en flanelle. « Toi et moi, mon petit pote. À partir de maintenant, il n'y aura plus que toi, moi et Jethro Tull. Dis, qu'est-ce qui t'arrive à la tête ? L'ancienne tumeur refait des siennes ? »

« L'université est la meilleure chose qui puisse t'arriver », avait coutume de dire mon père, et il avait raison, car c'est là que j'ai découvert la drogue, l'alcool et la cigarette. J'ignore l'aspect médical de la question, mais, allez savoir pourquoi, mes troubles nerveux se sont dissipés à peu près au moment où j'ai commencé à fumer. Cela a peut-être été une coïncidence, ou peut-être que les tics ont battu en retraite face à un adversaire qui, en dépit de graves risques de santé, était socialement plus acceptable que de pousser de petits cris aigus. Si je ne fumais pas, je suivrais certainement un traitement qui coûterait aussi cher et ne permettrait pas l'accès à tout cet attirail : les briquets que je peux allumer et éteindre machinalement, les cendriers qui me fournissent une raison légitime de me lever de ma chaise, et les cigarettes qui m'apaisent et m'occupent les mains et la bouche. C'est comme si j'étais né pour fumer, et, en attendant que je trouve ma voie, mes membres avaient été livrés à eux-mêmes en quête d'alternatives. Tout va bien tant que je sais qu'il y a une cigarette dans mon avenir immédiat. Les gens qui me demandent de ne pas fumer dans leur voiture n'ont pas idée de ce à quoi ils s'exposent.

« Tu te souviens de l'époque où tu roulais constamment les yeux vers le ciel ? demandent mes sœurs. Tu te rappelles la fois où tu as secoué la tête tellement fort que tes lunettes sont tombées dans le barbecue ? »

Quand elles m'en reparlent, je tente parfois de revisiter mes anciens tics et mes anciennes manies. En rentrant à mon appartement tard le soir, j'ose appuyer mon nez contre la poignée de ma porte ou rouler des yeux pour retrouver cette douleur jadis si agréable. Je vais peut-être me mettre à compter les serviettes prises en sandwich dans leur boîte plastique, mais l'exercice n'a plus le côté impérieux d'avant et bien vite je m'en désintéresse. Je n'ai pas plus envie de me balancer dans mon lit que d'écouter soixante fois de suite « Up, Up, and Away » sur mon radio-cassettes. Je pourrais aisément écouter autre chose un nombre égal de fois, installé dans une chaise à bascule, mais l'ancienne méthode, cloué au lit, ne m'apporte plus le même réconfort, car j'ai oublié le code, le truc avec saccades nécessaires pour déchiffrer les paroles de cette chanson en particulier. Je me souviens juste qu'à un moment donné l'histoire impliquait les habitants de Raleigh, en Caroline du Nord, qui étaient rassemblés dans un ballon dirigeable expérimental conçu et construit par mes soins. Il était fabriqué de manière à exploser une fois atteintes les limites de la ville, mais cela, les passagers l'ignoraient. Le soleil brillait sur leurs visages tandis qu'ils levaient la tête vers le ciel bleu vif, étourdis d'excitation.

« Superbe ballon dirigeable ! disaient-ils tous en s'agrippant à la main courante pour grimper l'escalier, en route vers leur explosive destinée. Tu ne voudrais pas monter faire un tour ?

– Désolé, tout le monde, répondais-je en appuyant le nez sur ma cahute à tickets. Mais j'ai d'autres obligations. »

Quadri incomplète

J'ai passé mes années de lycée à regarder les pins par la fenêtre de la classe et à m'imaginer dans une prestigieuse université de la côte Est, où Colgate, mon coturne de bonne famille, me laisserait des messages du type « Rendez-vous au quadri à cinq heures », faisant bien sûr référence à la cour carrée du campus. Je n'étais pas certain de savoir ce qu'était une cour carrée, mais je savais que j'en voulais une désespérément. Mes camarades d'université posséderaient leurs propres chevaux et leurs chausse-pieds monogrammés. Je passerais des week-ends dans la propriété de mon coturne, où sa mère dirait des choses telles que « J'ai chargé Helvetica de préparer ces petites crêpes épaisses que vous appréciez tant, mais elle a eu un mal de tous les diables à trouver des groseilles du Cap fraîches ». Cette femme aurait de grosses dents qu'elle exhiberait chaque fois qu'elle balancerait la tête en arrière pour rire à l'un de mes nombreux traits d'esprit. « Vous êtes un sacré phénomène, brairait-elle. Dites-moi au moins que vous n'excluez pas de vous joindre à nous pour Noël à Bridle Haven ; sans vous ce ne serait tout simplement pas pareil. »

Je fantasmais tout en me doutant constamment qu'il manquait quelque chose, quelque chose que j'oubliais. Ce quelque chose, il se trouve que ce furent les notes.

Et c'est avec une profonde déception que je découvris qu'il fallait plus de 12/20 de moyenne pour intégrer Harvard. *Moyenne*, c'est le mot qui m'a fichu dedans. 12/20 et moyenne, les deux allaient de pair.

À la place je fus envoyé dans une petite université de Caroline du Nord où les bâtiments bas en brique étaient ornés de plaques portant la mention ÉRIGÉ EN 1974, et mon coturne me laissait des messages m'accusant de lui avoir volé son collier en coquillages de Hawaï ou son livre d'anglais. Je m'attends un jour à ouvrir le journal et à découvrir que le gouvernement avait utilisé ce campus à titre expérimental pour étudier les effets des albums de Pink Floyd passés non-stop et à fond sur les esprits d'étudiants capables de fabriquer une pipe à eau à partir de n'importe quel objet, mais incapables de comprendre qu'il est tout simplement impossible de rallier l'Europe en minibus.

J'ai passé mon année à bûcher et à améliorer mes notes dans l'espoir que je pourrais intégrer une autre fac quelque part, n'importe où. J'ai finalement choisi celle de Kent parce que des gens y avaient été tués. Au moins, ils n'étaient pas morts d'ennui, c'était déjà ça. « L'université de Kent ! me disait-on. Tu crois que tu seras en sécurité là-bas ? »

J'y arrivai au mois de septembre de l'année suivante et j'obtins une place dans une résidence universitaire réservée en priorité aux étudiants handicapés. J'avais toujours eu l'habitude de détourner le regard lorsque je croisais quelqu'un en chaise roulante, mais là, je n'avais pas le choix, puisqu'ils étaient omniprésents. C'étaient des gens de mon âge qui avaient sauté dans une piscine étonnamment peu profonde ou sous-estimé les défenseurs de l'équipe adverse. Ils avaient pris le volant en état d'ivresse le soir du bal du lycée ou avaient glissé du toit en nettoyant les gouttières chez leurs parents ; une petite erreur, et rien n'avait plus jamais été comme avant. Les paraplégiques se réunissaient dans l'entrée, peaufinant leur technique de la roue arrière et discutant de leurs voitures customisées tandis que les « quadri » passaient en un chuintement dans leurs chariots électriques, plissant les yeux à cause des cigarettes allumées, ingénieusement calées entre leurs lèvres.

Au premier trimestre, je partageai une chambre avec un camarade qui s'appelait Todd, un gentil gars natif de Dayton dont le seul handicap était d'avoir les cheveux roux. Les quadriplégiques avaient les meilleurs dealers de drogue, du coup on se retrouvait souvent dans leurs chambres. « La pipe à eau est sur l'étagère, disaient-ils. À côté du coton et des compresses. » Petit à petit je m'habituai à la vue de poches pour colostomie des amis et j'en vins à considérer l'université de Kent comme un établissement de Presse-Tige. L'hébergement était pris en charge par l'État pour les étudiants qui acceptaient de partager la chambre d'un handicapé, si bien qu'au deuxième trimestre j'emménageai avec Dale, un deuxième année de trente-quatre kilos atteint de dystrophie musculaire. J'appris à mettre Dale dans la baignoire et à le placer sur les toilettes. Je tournais les pages de son livre, composais les numéros de téléphone pour lui et tenais le combiné devant sa bouche quand il parlait. Je l'habillais et le peignais, lui donnais à manger et lui coupais les ongles, mais je ne peux pas dire qu'on ait jamais été proches.

En milieu de trimestre, Dale fut renvoyé chez ses parents, et j'emménageai avec Peg, une fille marrante atteinte d'une maladie nerveuse dégénérative. Peg était considérée comme une « quadri incomplète » et aimait à plaisanter en disant qu'elle était décidément incapable de terminer quoi que ce soit. Cela nous faisait déjà un point commun. Elle était venue à la fac pour échapper à ses parents, qui lui refusaient toute boisson passé six heures du soir. Après une longue journée, se plaignaient-ils, ils étaient trop épuisés pour l'installer sur les toilettes. Dieu avait décidé qu'elle souffrirait de cette maladie, et si elle avait des réclamations à faire, elle n'avait qu'à voir directement avec Lui. C'était une sale maladie qui paralysait progressivement tout le corps. Les membres de Peg étaient tordus, pas fiables, et semblaient dotés d'une vie autonome. Un bol de café bouillant, une cigarette allumée, des fourchettes et des couteaux à viande – toutes sortes d'objets lui échappaient des mains sans crier gare. Elle portait d'épaisses lunettes solidement fixées autour de la tête, et avait de petites chaussures en peau de mouton tachetée à ses pieds inutiles, recroquevillés. Peg avait du mal à articuler au point qu'au téléphone, ses interlocuteurs, que ce soit les renseignements ou l'accueil pour une livraison de pizza, la croyant ivre, lui raccrochaient au nez. Perturbés rien que de la voir, les professeurs de Peg étaient automatiquement d'accord avec tout ce qu'elle avait à dire. « Bonne question ! s'écriaient-ils. C'est très bien vu de votre part. Est-ce que quelqu'un d'autre a un commentaire à faire sur ce qu'elle vient de dire ? » Elle avait peut-être simplement demandé à aller aux toilettes, mais comme personne n'arrivait à la comprendre, elle avait systématiquement droit à la même réponse : « Oui, en effet, quelqu'un d'autre dans la classe veut-il réagir ? »

À la cafétéria, elle avait droit à des élans de sympathie frénétiques. Plutôt que de s'embêter à essayer de comprendre ce qu'elle avait choisi comme plat de résistance, ils entassaient de tout dans son assiette.

Une personne en chaise roulante se sent souvent invisible. Si vous poussez une chaise roulante, vous devenez vous-même invisible. Hors de la résidence universitaire, les seuls qui s'adressaient à nous parlaient comme s'ils avaient affaire à des sourds. « ON JOUERA DE LA GUITARE À LA MESSE DU PÈRE TONY CE DIMANCHE. AIMERIEZ-VOUS VOUS JOINDRE À NOUS ? »

Peg faisait signe à la personne de s'approcher et chuchotait : « Je collectionne les dents de chaton vivant et je m'en sers pour fabriquer des colliers pour Satan. »

« OUI, BIEN SÛR, lui répondait-on. NOTRE CONFRÉRIE S'OCCUPE JUSTEMENT DE CES QUESTIONS. »

Pour Peg, être invisible c'était une histoire pénible qui ne datait pas d'hier. Moi j'y voyais plutôt un potentiel caché. Ainsi débuta notre vie de criminels.

On commença dans les épiceries. Peg avait un sac à l'arrière de sa chaise roulante, que je remplissais de steaks épais et de queues de homard congelées. Inutile de passer furtivement derrière les pyramides de conserves pour se cacher du gérant ; nous commettions nos larcins au grand jour. Peg avait un sac de toile sur les genoux qu'elle remplissait de tout ce sur quoi elle pouvait mettre la main. Olives en boîtes, sauce teriyaki, crèmes dessert – rien à voir avec nos besoins. Il s'agissait de voler de la marchandise à un monde injuste. On cessa d'aller à la cafétéria, préférant préparer nos repas dans la cuisine de la cité universitaire, le menton dégoulinant de beurre. On s'attaqua aux librairies puis aux magasins de disques, assurés que personne n'irait dire : « Je crois voir la fille handicapée en train de chiper l'album de Joni Mitchell. » Les circonstances nous empêchaient de ravir quoi que ce soit de plus volumineux que nos têtes, mais tout le reste y passait.

Pour les vacances de printemps, on décida d'aller à Raleigh rendre visite à ma famille. Être invisible est un avantage quand on vole dans les magasins mais tend à rebuter les gens quand on fait de l'auto-stop. On s'installa sur le bord de l'autoroute, le pouce de Peg tremblotant à intervalles irréguliers. Le trajet de huit cent cinquante kilomètres nous prit près de trois jours. Nous racontions que nous étions de jeunes mariés en route vers le Sud pour commencer une nouvelle vie. Les couples de grenouilles de bénitier s'arrêtaient, s'excusaient d'avoir une voiture trop petite pour y loger une chaise roulante. Ils ne pouvaient pas nous faire monter, mais accepterions-nous vingt dollars et une barquette de poulet frit ?

Un peu, mon neveu. « Il y a un hôpital à Durham qui, nous l'espérons, la soulagera, disais-je en tapotant l'épaule de Peg. Et voilà, on vient de se marier, et il a fallu qu'on ait *cette tuile.* »

Les radios CB s'activaient et les breaks apparaissaient. Des serveuses dans des restauroutes s'approchaient de notre table et chuchotaient : « Votre addition a été payée », montrant du doigt un couple debout à la caisse, l'œil humide. Nous trouvions cela amusant et nous imaginions ces bons Samaritains signalant crânement à leur pasteur : « Nous avons vu sur la route cette fille handicapée et son mari et, ma foi, nous n'avions pas grand-chose, mais nous avons fait notre possible. »

Quelqu'un s'occupait de nous à la réception d'un motel et nous remettait du liquide pour payer le car, nous faisant promettre de ne plus jamais faire d'auto-stop. Je sortais Peg de sa chaise roulante, la posais sur le lit, et lâchais l'argent en pluie sur elle. C'était un piètre remake de la scène d'un film où les arnaqueurs font pleuvoir sur eux des billets de cent dollars. Notre version était à base de petits billets et piécettes, il n'empêche, grâce à cela nous nous sentions vivants.

Nous étions en Virginie quand une des roues se détacha du fauteuil de Peg. La nuit tombait sur une nationale de campagne sans une seule maison à l'horizon lorsqu'un vieux monsieur en pick-up surgit et nous emmena jusqu'à la porte d'entrée de chez mes parents, ce qui faisait un sacré détour pour lui. « Cinq mille quatre cent six North Hills Drive ? C'est justement sur ma route, aucun problème. Dans quel État avez-vous dit que c'était ? »

On débarqua sans avoir prévenu, au grand étonnement des membres de ma famille. J'avais espéré que mes parents se sentiraient détendus en présence de Peg, mais en les voyant si mal à l'aise, je me rendis compte que c'était encore mieux. Je voulais qu'ils constatent que j'avais changé. Je n'étais plus dans la moyenne j'étais devenu responsable, et ce, d'une manière qu'ils n'auraient jamais imaginée. Peg était sous *ma* responsabilité, *mon* jouet, et j'étais le seul à savoir comment l'éteindre et l'allumer. « Eh bien, disais-je en lui essuyant la bouche avec une serviette de table, je crois qu'il est temps pour *quelqu'un* d'aller prendre son bain. »

Mon frère et mes sœurs réagirent comme si j'avais ramené une otarie à la maison. Ils invitèrent leurs amis à venir regarder du haut du balcon tandis que je déposais Peg sur une couverture de pique-nique dans le jardin. Mon père répara le siège roulant, et lorsque Peg le remercia, il quitta la table du dîner puis revint, lui tendant une deuxième fourchette.

« Elle n'a pas demandé une fourchette, dis-je. Elle a demandé ta montre.

– Ma montre ? fit-il. Celle que j'ai au poignet ? » Il tapota ses doigts contre le verre pendant un certain moment. « Écoute, si cela a tant d'importance à ses yeux, oui, bien sûr, elle peut avoir ma montre. »

Il la lui offrit.

« Et ta ceinture, dis-je. Elle va aussi en avoir besoin. Dépêche-toi, mec, cette fille est handicapée. »

Ma mère alla faire un tour à sa cachette et revint avec une liasse de billets pour nous payer le trajet en autocar jusqu'en Ohio. Elle me convoqua dans la cuisine et me fourra l'argent dans les mains en chuchotant : « J'ignore à quel jeu tu joues, mon petit bonhomme, mais tu devrais avoir honte de toi. » C'était un authentique chuchotement, censé être entendu seulement de moi.

Le trajet du retour dans l'Ohio fut long et monotone. Lorsque Peg demanda à aller aux toilettes pour la deuxième fois, je répondis sèchement : « Tu y es déjà allée il y a trois heures. » Je hurlai : « Bon sang, c'est quoi, ton problème ? Il faut vraiment que je m'occupe de tout ? » Cela commençait à me taper sur les nerfs, sa manière d'être dépendante de moi. On avait fait ce voyage, elle s'était bien amusée, que voulait-elle *de plus* ? Comment se faisait-il qu'au moment de repartir de chez mes parents, c'est *moi* qui étais considéré comme handicapé, non pas elle mais *moi*, moi qui devais tout me farcir, alors qu'elle se contentait de rester assise et de laisser tomber des cendres sur sa jupe.

Mon humeur se dégrada. Les cours reprirent, et Peg relata nos aventures à une foule d'amis. Je glissai une oreille en remplaçant chaque *nous* par un *je*. « Nous » n'avons pas baratiné un chauffeur routier pour lui soutirer trente dollars et un fer à friser tout neuf, c'est *moi* qui m'en suis chargé, MOI, comment osait-elle s'attribuer la moitié du mérite ? « Elle a du cran, disaient nos camarades de classe. Je n'aurais pas eu le courage de faire la *moitié* de ce qu'elle a accompli – et encore, moi je peux marcher ! »

Le troisième trimestre commença, mais dès la deuxième semaine, j'avais cessé d'assister aux cours, ayant décidé à la place de potasser la question de la dope et de devenir un aventurier solitaire. Je m'inscrivis à des cours de saut en parachute au petit aérodrome voisin. Les séances d'entraînement me parurent simples, certes, mais, lorsqu'il fallut sauter pour de bon, ils durent détacher une par une les articulations blanchies de mes doigts qui s'agrippaient à l'aile de l'avion. Je suppliai, implorai et, jusqu'en bas, m'imaginai en chaise roulante, espérant que la personne qui s'occuperait de moi n'aurait aucune de mes qualités. La terre était un plan quadrillé, un édredon composé de petites parcelles entretenues par des gens raisonnables, qui travaillaient dur, se conformaient aux règles, et traitaient tout inconnu comme s'il s'agissait du Christ déguisé. Mon parachute s'ouvrit et je promis à Dieu qu'une fois que j'aurais atterri sain et sauf, ma vie changerait du tout au tout. Je ferais tourner la mappemonde et là où mon doigt se poserait, j'irais. Même si c'était un de ces pays où les gens vivaient accroupis au sol et mangeaient de la bouillie dans leurs paumes souillées de merde, j'irais. J'écarterais les mouches de leurs visages couleur de bouse et les porterais sur mon dos à travers des eaux infestées de crocodiles, si tel était le moyen de redorer mon blason. Le harnais entre mes jambes me faisait atrocement mal, ce que je considérai illico comme la première épreuve de force et de tolérance qui m'était infligée. Le Seigneur pouvait avoir mes testicules. Je lui accorderais un doigt ou deux, et même j'ajouterais au lot une ou deux dents si nécessaire, du moment qu'Il me laissait ma colonne vertébrale. Je me posai en courant et n'interrompis ma course qu'à un kilomètre du site d'atterrissage. Lorsque le moniteur vint récupérer mon parachute, j'écrasai mon joint en disant : « Je ne vois pas trop pourquoi on en fait tout un plat. Ce n'est vraiment pas grand-chose. »

À la fin de l'année scolaire, je partis pour San Francisco en auto-stop, enchanté à l'idée de mener une vie adulte entouré de gens capables de se laver eux-mêmes les cheveux. Mon amie Veronica me dénicha une chambre dans une résidence hôtelière, et je trouvai du travail comme coursier à bicyclette. Les rues de mon quartier sentaient bon l'eucalyptus, et chaque inconnu qui passait incarnait l'espoir que demain serait peut-être le jour où l'on me proposerait un boulot agréable ou un appartement de douze pièces. J'étais loin de ma famille et m'imaginais souvent quelle souffrance devait représenter pour elle des vacances sans moi. Elle s'était médiocrement occupée de moi, mais je m'en étais sorti avec panache car j'étais de cette trempe, impétueux, indépendant. Moi à qui tout réussissait.

Un soir, je me préparais des spaghettis au ketchup sur mon poêlon électrique, lorsque j'entendis sonner le téléphone public, à l'extérieur de ma chambre. C'était Peg, qui appelait pour dire qu'elle avait fichu le camp de chez elle.

« Content pour toi, répondis-je. Ce sera la meilleure initiative que tu auras jamais prise. » Quand j'entendis qu'elle appelait de l'aéroport de San Francisco, je modifiai quelque peu mon propos : « Je ne sais pas trop, Peg. Tes parents ne vont pas s'inquiéter ? Et tes études, alors ? »

Ce qui suivit fut une leçon prouvant que la vie universitaire et la vie civile étaient deux choses bien distinctes. Pour sortir du bâtiment, je devais porter Peg et descendre cinq étages, avant de remonter chercher sa chaise roulante. Le propriétaire doubla mon loyer parce qu'il y avait une personne de plus dans ma chambre, et je perdis mon boulot le jour où Peg tomba dans la baignoire et eut droit à cinq points de suture à la tête. C'était une grande ville où les gens se cramponnaient à leur poulet frit. Tout le monde se fichait de savoir que nous étions un couple de jeunes mariés en quête d'une vie meilleure, et même les bus refusaient de s'arrêter pour nous faire monter. Veronica et moi, on en eut ras le bol et on décida de partir vers le Nord cueillir des pommes. J'annonçai cela à Peg, dans l'espoir qu'elle accepte la nouvelle et rentre chez elle, mais elle tint bon. Armée d'un annuaire téléphonique, elle appela en PCV des administrations publiques, dont les employés patientaient quand elle faisait tomber l'annuaire ou prenait vingt minutes pour trouver un stylo. Des bénévoles l'emmenaient en fauteuil roulant à des réunions dans des bureaux encombrés au rez-de-chaussée où des paraplégiques brandissaient le poing pour saluer sa détermination et sa ténacité. Elle finit par vivre seule dans un immeuble en brique quelque part à Berkeley. Un assistant lui rendait visite toutes les douze heures pour préparer ses repas et l'aider à s'installer sur les toilettes. Si un spasme la faisait tomber par terre, elle restait patiemment allongée en attendant qu'on vienne panser ses blessures. Quand ses parents appelaient, elle raccrochait ou bien les insultait, selon son humeur. Le grand rêve de Peg était de vivre loin de ses parents et de rencontrer quelqu'un qui saurait la satisfaire sexuellement. Elle envoya une carte postale détaillant l'événement. Il y avait eu trois chaises roulantes garées à côté de son matelas à eau, la troisième appartenant à un paraplégique bisexuel dont la mission consistait à placer convenablement les amants. En l'espace d'un an, sa santé se détériora au point qu'il ne fut plus possible de la laisser seule douze heures d'affilée. On finit tous deux par revenir chez nos parents la queue entre les jambes, mais on resta en contact. Ses lettres devinrent petit à petit de plus en plus difficiles à décrypter. La dernière fois que j'ai eu de ses nouvelles, c'était en 1979, peu avant sa mort. Peg avait effectué une conversion religieuse et elle rédigeait ses mémoires, espérant les voir publiés par le même éditeur chrétien qui avait connu un grand succès avec *Joni !*, un livre racontant avec force détails la vie d'une jeune quadriplégique qui peignait la faune des forêts en tenant le pinceau entre ses dents. Elle m'envoya un chapitre de trois pages qui traitait de notre virée en stop jusqu'en Caroline du Nord. « Que Dieu bénisse tous ces gens merveilleux qui nous ont aidés tout au long du chemin ! écrivait-elle. Chaque jour je remercie le Seigneur pour leur amour et leur gentillesse. »

Je lui répondis en écrivant que si elle se rappelait bien, nous nous moquions de ces gens. « Nous leur avons menti et nous nous sommes moqués d'eux dans leur dos, et maintenant tu veux qu'ils soient bénis ? Qu'est-ce qu'il t'arrive ? »

Rétrospectivement, je pense pouvoir deviner ce qui lui est peut-être arrivé. Suite à une brève période d'indépendance remportée de haute lutte, elle en est venue à apprécier le fait que les gens n'étaient pas tant idiots que gentils. Peg a compris cela assez jeune. Moi, il m'a fallu des années.

Le Tanazi

Au début des années 1960, durant la période que ma mère désigna comme « la toute fin des années Lassie », on offrit à mes parents deux colleys, qu'ils baptisèrent Rastus et Duchess. Nous habitions dans l'État de New York, à la campagne, et les chiens pouvaient courir librement dans la forêt. Ils piquaient des roupillons dans les prés et enfonçaient leurs pattes dans des ruisseaux glacés, co-vedettes dans leur propre publicité pour croquettes canines. Selon notre père, n'importe qui voyait bien qu'ils étaient tous deux amoureux l'un de l'autre.

Un soir tard, allongée sur une couverture dans le garage, Duchess accoucha d'une portée de chiots visqueux, gros comme des pommes de terre. L'un d'eux paraissait mort, aussi notre mère disposa-t-elle le chiot dans une cocotte qu'elle mit au four, comme la sorcière dans *Hänsel et Gretel*.

« Oh, pas de panique, dit-elle. J'ai juste réglé le thermostat sur quatre-vingt-dix. Je ne fais cuire personne, c'est seulement pour le maintenir au chaud. »

La chaleur ranima le chiot mal en point et nous fit croire que notre mère était capable de ressusciter les morts.

Confronté aux responsabilités de la paternité, Rastus mit les voiles. Les chiots furent donnés, et on emménagea dans le Sud, où la chaleur et l'humidité n'étaient pas l'idéal pour un colley. Le pelage naguère superbe de Duchess pendouillait en plaques effilochées. Le vieil âge arriva et elle commença à clopiner dans la maison, faisant fuir tout le monde avec ses pets nauséabonds. Lorsque, finalement, pleine de vers, elle s'effondra dans le ravin d'à côté, on réévalua les pouvoirs de guérison de notre mère. Le royaume animal dans son ensemble était au-delà de sa portée ; apparemment elle ne pouvait ressusciter que les morts très mignons.

Elle refit le coup du four sur une demi-douzaine de hamsters malingres, mais n'eut pas l'heur de réussir avec mon cochon d'Inde, qui mourut après avoir ingurgité deux cigarettes et une boîte entière d'allumettes.

« Ne te laisse pas abattre, dit ma mère en retirant ses maniques. Le monde est plein de cochons d'Inde : tu pourras en avoir un autre demain. »

Les oraisons funèbres ne s'éternisèrent pas, notre devise étant : à chaque jour suffit son collier.

Peu après la mort de Duchess, notre père ramena à la maison un tout jeune berger allemand. Pour des raisons qui ne furent jamais totalement expliquées, le privilège de donner un nom au chien échut à une amie de ma sœur aînée, une grande gigue de quatorze ans qui s'appelait Cindy. Elle apprenait l'allemand à l'époque, et après avoir examiné le chiot avec soin et l'avoir soupesé dans ses mains, elle annonça qu'il s'appellerait Mädchen, ce qui apparemment signifiait « fille » pour les *personnen* qui habitaient le *land* natal. Nous n'étions pas particulièrement emballés par le nom mais on estima heureux que Cindy n'ait pas étudié une de ces langues asiatiques si difficiles à prononcer.

À l'âge de six mois, Mädchen se fit écraser par une voiture. Sa pâtée était encore dans son écuelle quand notre père ramena à la maison un berger allemand identique, que la même Cindy baptisa judicieusement Mädchen 2. Ce passage de relais se révéla déconcertant, surtout pour la nouvelle chienne censée posséder à la fois le savoir et la personnalité de celle qui l'avait précédée.

« Mädchen 1 n'aurait jamais fait pipi par terre comme ça », rouspétait mon père, alors la chienne soupirait, sachant qu'elle était l'équivalent canin de la femme épousée par dépit en secondes noces.

Mädchen 2 ne nous accompagnait jamais à la plage et posait rarement pour les photos de famille. Une fois qu'elle eut terminé sa période chiot, on se désintéressa d'elle. « Ce serait bien qu'on ait un chien », disions-nous parfois, oubliant totalement que nous en avions déjà un. Elle venait manger à l'intérieur, mais elle passait le plus clair de son temps à l'extérieur dans le jardin, affalée dans la niche au toit pointu que notre père avait conçue et fabriquée avec des planches de séquoia de récupération.

« Hé, lançait-il, combien de chiens peuvent dire qu'ils habitent dans une maison en séquoia ? »

Ce qui appelait systématiquement cette réponse lasse de ma mère : « Enfin, Lou, combien de chiens peuvent dire qu'ils *n'habitent pas* dans une satanée maison en séquoia ? »

Pendant toutes les années colleys et bergers allemands, on eut une succession de chats assoupis et renfermés qui semblaient entretenir des liens uniques avec notre mère. « C'est parce que c'est moi qui ouvre leurs boîtes », disait-elle, cependant nous savions tous que c'était quelque chose de plus profond. Ce qu'ils avaient vraiment en commun, c'étaient leurs griffes. Ça, et puis un désir ardent de détruire les sacs de golf de mon père. Le premier chat s'enfuit et le deuxième fut écrasé par une voiture. La troisième eut de vieux jours désagréables qu'elle passa à cracher sur le chaton prématurément arrivé pour la remplacer. Lorsqu'à l'âge de sept ans on découvrit que la quatrième chatte était atteinte de leucémie féline, ma mère en fut bouleversée.

« Il va falloir que je fasse piquer Sadie, annonça-t-elle. C'est pour son bien, et je ne veux pas entendre un seul mot à ce sujet. C'est déjà bien assez difficile comme ça. »

La chatte fut donc piquée, et c'est alors qu'éclata une campagne de canulars téléphoniques assortie d'envois massifs de cartes postales anonymes, le tout orchestré par mes sœurs et moi. Les cartes annonçaient un nouveau remède miracle pour la leucémie féline, et les correspondants téléphoniques se présentaient comme des journalistes du magazine *Chat va*. « Nous souhaiterions faire tout un article sur Sadie pour notre numéro de septembre et aimerions caler une séance photo aussi rapidement que possible. Croyez-vous qu'elle pourrait être prête pour demain ? »

Nous pensions qu'un chaton remonterait le moral de notre mère, mais elle déclina toutes les offres. « C'est fini, dit-elle. Ma période chats est terminée. »

Lorsque Mädchen 2 développa des tumeurs spléniques, mon père laissa tout tomber et accourut à son chevet. Il passa ses soirées à la clinique vétérinaire, allongé sur un matelas devant sa cage, à remettre en place sa perfusion. Il ne lui avait jamais accordé beaucoup d'attention lorsqu'elle était en bonne santé, mais la mort imminente de la chienne éveilla en lui un noble sens du devoir. Il lui tenait la patte quand elle mourut, et il passa les semaines suivantes à nous demander combien de chiens pouvaient dire qu'ils avaient vécu dans une maison en séquoia.

Notre mère, à son tour, s'arrêtait fréquemment à côté du sac de golf déchiré et taché d'urine de mon père et ressuscitait des souvenirs bien à elle.

Après avoir passé une année sans animal domestique, avec un seul enfant habitant encore à la maison, mes parents rendirent visite à un éleveur et revinrent avec un dogue allemand qu'ils baptisèrent Melina. Leur amour pour cette chienne était aussi énorme qu'elle, et bientôt il n'y eut plus de place dans leur cœur pour qui que ce soit d'autre. En termes d'admiration et de respect mutuels, leurs six enfants n'avaient été rien de plus qu'une expérience ratée. Melina en revanche incarnait l'accomplissement. La maison fut cédée à la bête, les pièces redécorées pour satisfaire ses caprices. Si l'idée vous prenait d'entrer dans votre ancienne chambre, vous aviez droit à : « Tu as intérêt à ce que Melina ne te surprenne pas ici », ou : « C'est là que nous venons faire notre petit pipi quand il n'y a personne à la maison pour nous faire sortir, pas vrai, fifille ? ». Les poignées de nos meubles étaient réduites à l'état de moignons humides et nos lits étaient recouverts de fins poils ras. Si vous aviez le malheur de pousser de grands cris en voyant la carcasse de cuir déchiquetée gisant au pied de l'escalier, alors les parents hurlaient de rire : « Voilà ce qui arrive quand on laisse son portefeuille sur la table de la cuisine. »

Cette bête était leur premier authentique intérêt commun, et ils l'aimaient tous deux autant, chacun à sa manière. L'amour que prodiguait notre mère tendait vers l'horizontale, un animal domestique n'étant guère plus qu'un compagnon de roupillon, qu'elle pouvait regarder et à qui elle pouvait dire : « Ça me paraît une bonne idée. Pousse-toi, veux-tu ! » Un inconnu regardant par la fenêtre aurait pu croire qu'ils étaient tous deux unis par un pacte suicidaire. Elle et la chienne étalées comme des cadavres, leurs membres arrangés en une étreinte éternelle. « Dieu, ce que ça fait du bien, disait ma mère, tandis que toutes deux s'éveillaient pour se gratter brièvement. Maintenant essayons le sol du séjour. »

Mon père adorait le dogue allemand pour sa taille, et l'emmenait fréquemment faire de longues flâneries en voiture, au cours desquelles elle passait par la fenêtre sa lourde tête pareille à une enclume et laissait échapper des quantités de salive écumeuse. D'autres conducteurs montraient la bête du doigt en la regardant fixement, et baissaient leur vitre pour lancer : « Hé, vous avez une selle pour ce bestiau ? » Pendant la promenade, il y avait toujours l'inévitable : « C'est vous qui le promenez ou c'est le contraire ?

– Ah ah ! » riait notre père, comme si c'était la première fois qu'il entendait cette bonne blague. Bénéficier de toute cette attention était pour lui comme une drogue, et il éprouvait une fierté qu'il n'avait jamais ressentie avec aucun d'entre nous. Comme si, d'une certaine manière, c'était à lui qu'elle devait sa beauté et son gabarit, comme s'il avait personnellement dessiné ses taches et l'avait entraînée pour qu'elle ait la taille d'un poney. Lorsqu'il était de sortie avec la bête, il avait la laisse dans une main et la pelle dans l'autre. « Au cas où, expliquait-il.

– Au cas où, quoi, elle mourrait d'une crise cardiaque et tu devrais l'enterrer ? » Je ne comprenais pas.

« Non, disait-il, la pelle c'est pour, tu sais bien, la… grosse commission. »

Mon père était à la retraite, mais la chienne était à la commission.

J'habitais à Chicago lorsqu'ils eurent Melina, et, chaque fois que je rentrais à la maison, l'animal était devenu encore plus colossal. Chaque fois, il y avait encore plus de bandes dessinées de Marmaduke sur la porte du réfrigérateur, et chaque fois je devais hausser un peu plus le ton pour demander : « Mais dites-moi, qui êtes-vous ? »

« Couchée, fifille », gloussaient mes parents tandis que la bête se relevait d'un bond, haletant bruyamment pour attirer mon attention. Ses grosses pattes à coussinets m'arrivaient à la taille, puis au torse, puis aux épaules, jusqu'à ce que, finalement, avec ses pattes autour de mon cou et sa tête dominant la mienne, elle en vienne à ressembler à une partenaire de danse scrutant la pièce à la recherche d'un meilleur parti.

« C'est juste sa manière à elle de dire bonjour, gazouillait ma mère en me tendant une serviette pour essuyer les suintements bouillonnants de l'animal. Attends, tu as oublié un endroit derrière la tête. »

Parmi nous, les enfants, le diplôme décerné à Melina par le club de dressage canin était considéré comme la plus grosse plaisanterie depuis que mon frère avait obtenu son bac à l'issue de sa terminale au lycée Sanderson.

« Bon, disait notre mère, ce n'est pas une intellectuelle. Tu parles d'une affaire. Je peux très bien aller me chercher mon journal toute seule. »

La croissance de la chienne faisait l'objet d'observations quotidiennes et le moindre petit exploit était immortalisé sur pellicule. On ne trouvait que peu de photographies de ma sœur Tiffany, toutefois Melina avait des albums entiers consacrés à la fameuse période de ses deux ans.

« Frappe-moi, m'intima ma mère lors d'un de mes passages à la maison, de retour de Chicago. Non, attends, je vais d'abord chercher l'appareil photo. » Elle sortit de la pièce et revint quelques instants plus tard. « Bon, maintenant tu peux me frapper. Ou encore mieux, fais juste *semblant* de me frapper. »

J'ai levé la main et ma mère a poussé un cri de douleur. « Aow ! s'est-elle écriée. À l'aide. Cet inconnu essaie de me faire du mal et je ne sais pas pourquoi. »

J'aperçus une masse floue qui s'avançait sur la gauche de mon champ de vision, et le temps de comprendre ce qui m'arrivait, j'étais déjà étalé au sol, la chienne faisant de gros trous dans l'encolure de mon pull-over.

Il y eut un éclair de flash et ma mère poussa un cri de joie. « Dieu, j'adore ce numéro. »

Je me retournai sur moi-même pour protéger mon visage. « Ce n'est pas un numéro. »

Ma mère prit une autre photo à la volée. « Oh, ne sois pas non plus trop critique. Ça n'en est pas loin. »

Maintenant que nous étions adultes et avions quitté la maison familiale, mes sœurs et moi nous attendions raisonnablement à ce que la vie de nos parents se fige. Leur mission consistait à stagner et à vivre dans le passé. Nous étions censés être le centre de leurs vies, mais au lieu de cela ils avaient reconstruit une nouvelle famille composée de Melina et des membres fondateurs de son fan-club. Quelqu'un qui manifestement ne la connaissait pas très bien avait donné à ma mère un ours en peluche guilleret avec un cœur en calicot cousu sur la poitrine. Selon le fabricant, l'ours s'appelait Mumbles, et avait juste besoin de deux piles AA et d'une cure régulière de câlins pour s'épanouir.

« Où est Mumbles ? » demandait ma mère et la chienne se mettait à sauter en l'air, à arracher le nounours de sa cachette habituelle sur le dessus du réfrigérateur, secouant son corps dans un sens et dans l'autre, dans l'espoir de lui briser la nuque. Il arrivait que ses crocs appuient sur le bouton marche, et la misérable créature agitait alors ses pattes, susurrant un de ses cinq gentils messages enregistrés.

« C'est ma fifille, disait ma mère. Nous n'aimons pas Mumbles, hein ?

– *Nous ?* »

Pendant les dernières années de Mädchen 2 et la première moitié de l'administration Melina, j'ai vécu avec une chatte au pelage gris terne qui s'appelait Neil. Elle avait été abandonnée par un sinistre alcoolique qui avait des ongles longs et une importante collection de kimonos. C'était un homme détestable, et, après son déménagement, la chatte fut récupérée et rebaptisée par ma sœur Gretchen, qui par la suite me laissa l'animal. Ma mère s'occupa de Neil quand je déménageai de Raleigh, et l'envoya en avion à Chicago une fois que j'eus trouvé un logement. J'avais pris l'appartement le moins cher, et ça se voyait. Bien que sympathiques, mes voisins immigrés n'établissaient pas de rapport entre leurs habitudes de vie et les armées de souris et de cafards qui avaient colonisé l'immeuble. Appréciant le modeste changement de décor, des familles entières venaient régulièrement grignoter et pique-niquer dans l'entrée, laissant sur place des fruits confits et des tacos à demi mangés. Neil attrapa quatorze souris, et des vingtaines d'autres s'en tirèrent avec des membres ou des queues en moins. À Raleigh, elle se contentait de se prélasser dans la maison à ne rien faire, mais à présent elle avait un vrai boulot.

Ses centres d'intérêt s'élargirent, et elle se mit à écouter la radio, captivée par les sujets politiques et économiques auxquels j'avais du mal à m'intéresser. « Encore un mot sur les audiences de l'Irangate, et tu dors à côté avec les immigrés », lui disais-je, mais nous savions tous les deux que je ne le pensais pas vraiment.

Neil était vieille quand elle emménagea à Chicago, et par la suite elle ne fit que vieillir davantage. Le témoignage d'Oliver North[1] désormais derrière elle, elle se mit à perdre ses dents dans son écuelle et à avoir une haleine à décoller les peintures. Elle cessa de faire sa toilette et je dus prendre l'initiative de la laver dans l'évier. Lorsqu'elle était trempée, je voyais combien elle était devenue malingre et fragile. Ses reins se ratatinèrent pour devenir gros comme des raisins secs, et bien que voulant ce qui serait le mieux pour elle, je crus naturellement que le véto plaisantait quand il proposa une dialyse. Outre le fait qu'elle était âgée, édentée, et incontinente, il semblait que, pour quelques milliers de dollars, elle pourrait également passer trois jours par semaine branchée à une machine. « Cela est atrocement tentant, dis-je. Accordez-nous juste quelques jours de réflexion. » Je l'emmenai ailleurs pour recueillir un autre avis. Le véto numéro deux lui fit passer un examen sanguin et m'appela quelques jours plus tard, me proposant d'envisager l'euthanasie.

Je n'avais plus entendu ce mot depuis l'enfance et repensai immédiatement à deux écoliers japonais mal assortis debout dans une cour de récréation déserte se livrant à l'épreuve dite du Tanazi. Un des garçons, grossièrement obèse, tentait de grimper au mât du drapeau qui s'élançait dans le ciel au-dessus de lui. Il se hissait à quelques pieds du sol et restait immobile, sa silhouette se découpait sur fond de ciel assombri, il tremblait, à bout de souffle. « Je ne peux pas, disait-il. C'est trop dur pour moi. »

1. Célèbre lieutenant-colonel des marines devenu animateur de télévision et écrivain. Dans les années 80, il a été mêlé à l'Irangate. *(N.d.T.)*

Son ami Komatsu, un garçon émacié et grave, se tenait sous lui et l'encourageait. « Oh, mais tu *peux* y arriver. Il le faut, disait-il. C'est obligatoire. »

C'était une scène que j'avais oubliée depuis belle lurette, et le fait d'y repenser me plongea dans une tristesse insupportable. Les garçons étaient des personnages de *P'tit Gros et P'tit Maigre*, un film japonais régulièrement diffusé dans le cadre du *Festival CBS du film pour enfants*, une émission télé hebdomadaire présentée par deux marionnettes et une femme très patiente qui faisait semblant de rire à leurs blagues. Mes sœurs et moi regardions l'émission tous les samedis après-midi, même si nous devions sortir fréquemment de la pièce en raison des émissions gazeuses de notre colley.

S'étant hissé de quelques pouces supplémentaires sur le poteau, P'tit Gros lâchait prise et retombait dans le sable. Tandis qu'il s'époussetait, P'tit Maigre dévalait la montagne en direction de la fragile maison fine comme du papier où il habitait avec sa famille. C'était pour P'tit Gros la dernière occasion de faire ses preuves. Il avait cru la patience de ses amis illimitée, mais maintenant il savait qu'il avait eu tort. « Komatsuuuuuuuuu ! s'écriait-il. Komatsu, je t'en prie accorde-moi encore une chance. »

La voix du vétérinaire m'extirpa de la cour de récréation japonaise. « Donc l'euthanasie, dit-il. Y avez-vous songé ?

– Oui, dis-je. En fait, oui. »

Finalement je retournai à la clinique vétérinaire où je fis piquer la chatte. Lorsque le véto injecta le pentobarbital de sodium, Neil battit des paupières, se mit en position pour faire une sieste, et mourut. Mon petit ami de l'époque resta sur place pour s'occuper des formalités, et je sortis en courant pleurer comme un veau à côté de la voiture garée et, malheureusement, fermée à clé. Neil s'était installée dans sa petite cage croyant qu'elle allait enfin retourner à notre appartement, et cela m'avait fendu le cœur. Un être vivant avait enfin été assez naïf pour me faire confiance, et je l'avais récompensé en lui donnant la mort. Rongé par la culpabilité, je repensai au Tanazi et pleurai des larmes amères.

Un mois après l'avoir fait piquer, je reçus les cendres de Neil dans une boîte vert sapin. Elle n'avait jamais exprimé grand intérêt pour le plein air, aussi répandis-je ses restes sur la moquette, et l'aspirai-je ensuite d'un coup d'aspirateur. La mort de cette chatte me parut marquer la fin d'une époque. C'était, bien entendu, la fin de son époque *à elle*, mais avec la mort d'un animal domestique, il y a toujours la tentation de tendre un ruban de deuil sur toute une période de dix ou vingt ans. La fin de ma vie universitaire sans danger, la fin de mon quatre-vingt-cinq centimètres de tour de taille, la relation chancelante avec mon premier vrai petit ami : je pleurai pour tout cela en me demandant pourquoi si peu de chansons avaient été écrites sur les chats.

Ma mère envoya une lettre de condoléances accompagnée d'un chèque pour rembourser les frais de crémation. Dans le coin gauche, sur la ligne OBJET DU CHÈQUE, elle avait écrit : « Incinération du chat ». Je l'avais bien cherché.

Quand ma mère mourut et fut elle-même incinérée, on s'inquiéta à l'idée que mon père, agissant d'instinct, s'empresse de la remplacer. En revenant des obsèques, mon frère, mes sœurs et moi nous attendions à moitié à trouver une Sharon 2 vaguement familière debout au comptoir de la cuisine, en train de faire les mots croisés de *TV Guide*. « Sharon 1 aurait trouvé le cinq horizontal, l'aurait tancée mon père. Allons, trésor, un petit effort. »

Maintenant que ma mère n'était plus de ce monde, mon père et Melina pouvaient entièrement se consacrer l'un à l'autre. Bien qu'occupant désormais le côté du lit laissé inoccupé par son ancienne maîtresse, la chienne savait qu'elle ne serait jamais une remplaçante à la hauteur. Son amour était trop farouche et simple, et puis elle n'était pas douée pour les disputes. Cependant elle et mon père honorèrent leur engagement de s'adorer et de se protéger mutuellement. Ils célébrèrent leurs anniversaires de mariage, renouvelèrent régulièrement leurs vœux, et grognèrent lorsqu'ils étaient mis en difficulté par des forces externes.

« Tu veux que j'aille *où* ? » Invité à venir rendre visite à l'un de ses enfants, mon père se faisait excuser en disant : « Mais je ne peux pas quitter la ville. Qui s'occuperait de Melina ? » Si vous lui parliez de chenil, il éclatait de rire. « Tu es complètement à côté de la plaque, là. Un chenil, ha ! Hé, tu as entendu ça, Melina ? Ils veulent que je te mette en prison. »

En raison de leur taille, les dogues allemands ne vivent généralement pas très longtemps. Certains fromages ont une espérance de vie supérieure. À douze ans, avec sa barbe grise, chancelante, Melina était un miracle de la science. Mon père massait ses pattes arthritiques, la prenait dans ses bras pour l'emmener en haut des escaliers, et la portait pour la mettre au lit et l'en sortir. Il la traitait comme les hommes dans les films traitent leur femme souffrante, comme il aurait traité ma mère si elle avait autorisé un tel étalage d'impuissance et d'affection. L'ère Melina dura les douze dernières années de sa vie maritale. La chienne avait circulé dans le dernier break de la famille, avait assisté au pot de départ de mon père, et fêté les élections de deux présidents républicains. Elle s'affaiblit et perdit l'appétit, mais en dépit de l'avis général, mon père ne pouvait tout simplement pas se résoudre à la laisser partir.

Une épreuve digne du Tanazi l'attendait, il allait falloir qu'il mette un terme à la vie de l'animal.

« Je ne peux pas, disait-il. C'est trop dur pour moi.

– Oh, mais il faut le faire, disait Komatsu. C'est obligatoire. »

Un mois après avoir emmené Melina se faire piquer, mon père passa chez l'éleveur et revint à la maison avec un autre dogue allemand. Une femelle, comme Melina, des taches grises, comme Melina, si ce n'est qu'elle s'appelait Sophie. Il essaie de l'aimer mais reconnaît volontiers qu'il a peut-être commis une erreur. Cette chienne est gentille comme tout, mais il y a un problème de compatibilité entre leurs rythmes respectifs.

Lorsqu'il promène Sophie dans le quartier, mon père éprouve un sentiment assez semblable à celui du senior nouvellement marié qui s'essouffle derrière la jeune mariée fantasque. Le tonus de la jeune chienne l'embarrasse, de même que l'intérêt flagrant qu'elle témoigne aux hommes jeunes. Les conducteurs ralentissent, s'arrêtent, baissent leur vitre. « Hé, lancent-ils, c'est vous qui la promenez ou c'est le contraire ? » Ces paroles lui rappellent des temps meilleurs où des forces plus douces tiraient sur la laisse élimée. Il attire certes toujours l'attention, mais à présent, en guise de réponse, il se contente de brandir la pelle et de poursuivre son chemin.

Sur la route

Cela débuta à la suite d'un spécial *Planète des singes* organisé dans un petit cinéma à moins de deux kilomètres de chez mes parents. J'avais vu le film original neuf fois, et j'attendais toujours que Zira demande : « Vous pensez qu'il va trouver quoi, dans la zone interdite, docteur Zaius ? » L'endroit en question était un immense terrain vague, dont l'accès était interdit aux chimpanzés intelligents et aux gorilles bellicistes qui habitaient ce monde à l'envers. En tant que Beaux-Yeux, l'astronaute intrépide échoué sur cette planète, Charlton Heston échappe à ses ravisseurs et pénètre dans la zone interdite, accompagné de la silencieuse *supervixen* humaine qu'il a choisie comme compagne. Leur cheval trotte au milieu de déserts arides et de plages de sable jusqu'à ce qu'ils arrivent aux restes à demi enfouis de la statue de la Liberté. Se rendant compte soudain que, pendant toute la durée de ce film de deux heures, il était sur sa planète natale, Charlton Heston descend de son cheval et s'agenouille dans le sable. « Allez au diable ! s'écrie-t-il en brandissant le poing en direction du soleil torride. Allez tous au diable ! »

J'étais entré dans le cinéma par une claire matinée humide, mais quand je sortis, hébété et ballonné à cause de tous les bonbons que j'avais ingurgités, il faisait sombre et il pleuvait. J'envisageai d'appeler ma mère pour qu'elle vienne me chercher, mais elle était partie envelopper des pommes de terre dans du papier d'alu pour la troupe de girl-scouts de ma sœur Amy. Ce qui ne me laissait plus qu'une seule solution : mon père.

« Je suis là dans cinq minutes », dit-il. Derrière lui, j'entendis le terme « trois huitièmes ». Non pas trois huitièmes de centimètre, mais trois huitièmes de point, ce qui signifiait qu'il regardait Infos Bourse et était déjà en pyjama.

Je rappelai une heure plus tard et il répondit : « Je suis en route, je passe la porte à l'instant. » Des rires enregistrés et des acclamations retentirent à l'autre bout du fil, derrière mon père. Les feuilletons comiques avaient commencé. Il s'était assoupi dans son fauteuil. Il n'en décollerait pas jusqu'à ce que quelqu'un essaie de changer de chaîne. « Non mais qu'est-ce que tu fais ? tonnerait-il alors. J'étais en train de regarder ça ! »

C'était encore pire les week-ends, quand vous appeliez dans l'après-midi pour qu'on vienne vous chercher et que vous n'entendiez rien du tout en fond sonore. Cela signifiait qu'il regardait le golf, des heures de silence interrompues de temps en temps par le commentateur qui chuchotait : « C'est bogey, bogey, double bogey pour Hogan qui est à neuf au-dessus du par en arrivant au quatrième trou ici à Oakland Hills. »

Si vous attendiez que mon père passe vous prendre, vos vêtements avaient le temps de devenir trop petits. J'ai appelé une troisième fois et il a répondu, sonné et confus. « David qui ? Quel film ? Où ? »

Je partis du centre commercial à pied, traversai la route et tendis le pouce. Ce n'était pas plus compliqué.

Mon père s'arrêtait toujours pour prendre des auto-stoppeurs. Nous étions serrés comme des sardines dans le break, pour aller à la piscine ou faire les courses, et il s'arrêtait sur le bas-côté, nous demandait de faire de la place. C'était toujours excitant d'avoir un inconnu dans la voiture, de jeunes hommes que nous pouvions accabler de questions. Notre père était bienveillant en apparence mais également soupçonneux. Il titillait nos invités, faisant comme si leurs histoires n'étaient rien d'autre que cela, des histoires, que les types inventaient au pied levé.

« Très bien, "Rudy", je serai ravi de t'emmener chez ta "grand-mère" pour que tu puisses récupérer ton "linge". » Il secouait la tête en ricanant. « Toujours heureux de venir en aide à un jeune homme bien sous tout rapport comme toi.

– Non, vraiment, protestait notre passager. C'est ma grand-mère, je vous jure.

– Que tu jures, ça, je n'en doute pas, faisait mon père. Et moi je parie vingt billets que tu causes comme un charretier. »

Tant qu'ils étaient jeunes, il était tout content de leur faire faire un bout de chemin ; mais les plus âgés, c'était une autre paire de manches. Nous repérions un grand-père tout voûté, le visage buriné, debout à côté d'une valise déglinguée et lancions : « Il y en a un ! Papa, arrête-toi. » Ignorant notre requête, notre père passait devant ces hommes sans s'arrêter, comme si c'étaient des publicités peintes et détourées pour un restaurant qui se serait appelé Clochards ou Vagabonds.

Je tendis le pouce, persuadé que quelqu'un comme mon père allait s'arrêter, mais à la place ce fut une femme d'un certain âge, dont le casque de cheveux était protégé par un bonnet de pluie en plastique. Elle baissa sa vitre et hurla comme s'il existait entre nous un différend de longue date. « Bon sang, ramène donc ton satané postérieur. »

Elle portait un uniforme bleu pâle, la tenue des caissières d'une chaîne locale de supermarchés. « Tu as quoi, quatorze, quinze ans ? J'ai un petit-fils de ton âge, je le prendrais à faire du stop, je lui enfoncerais le pied tellement profond dans l'arrière-train que j'y perdrais mon soulier, tiens. Non mais qu'est-ce que tu fabriques, là, à attendre que des inconnus te fassent monter dans leur auto ? Et si j'avais un pistolet ou un couteau à cran d'arrêt, hein ? Tu ne saurais pas repousser un chat, et ne te fatigue pas à me soutenir le contraire, parce que je les connais les loustics comme toi, monsieur Malinheimer, les dans-ton-genre, je ne les connais que trop bien. Ta mère, elle penserait quoi de ta sottise, hein ? Sont où, tes vieux ?

– Mes parents ? » J'hésitai un moment, me rendant compte que je n'avais aucune raison de dire la vérité à cette femme. Je ne la reverrais probablement jamais ; et si jamais elle me revoyait, ce serait bien le diable qu'elle me reconnaisse. Je lui dis que mon père participait à une conférence sur la paix à Stockholm, en Allemagne, et que ma mère était camionneuse sur la côte Ouest, qu'elle trimballait toute une cargaison de… collants.

« C'est ça, fit la femme en tassant sa cigarette dans le cendrier fumant, et moi j'allaite des bébés chameaux dans mon jardin, parce que c'est rudement rigolo. Dis-moi juste où tu habites, Pinocchio, et garde tes bobards pour ton quatre-heures. »

Elle se gara devant la maison de mes parents exactement au moment où mon père partait me chercher. « Camionneuse, mes fesses, oui, fit-elle. Maintenant je veux que tu rentres dans ta belle bicoque et que tu y restes avant que quelqu'un grave ses initiales dans ton crâne. Tu as eu de la veine cette fois-ci, mais si jamais je te recroise, je t'écrase, juste pour abréger ton supplice. »

Je me mis à pratiquer régulièrement l'auto-stop. Outre l'aspect pratique, j'aimais passer du temps avec des gens qui ignoraient tout de moi. J'étais libre de me réinventer, d'essayer telle ou telle personnalité au gré de mon humeur. J'étais un comédien de Broadway étudiant l'accent régional en vue d'une pièce à venir ou alors un lycéen descendu jusqu'ici pour retrouver la trace d'un père qu'il n'avait jamais connu. « À ce qui paraît, il se fait appeler Steak-à-l'os, mais c'est mon seul indice. »

Certaines personnes se rangeaient tout de suite sur le bas-côté, à croire qu'elles m'attendaient, tandis que d'autres ralentissaient, me dévisageant avant de s'arrêter complètement. Il y eut des pasteurs noirs et des serruriers à la retraite, des maîtres nageurs sauveteurs, des profs de danse et des ponceurs de parquet, et habituellement, ils étaient seuls. Raleigh n'était pas une grande ville, et la plupart des gens étaient prêts à faire un détour de deux ou trois kilomètres pour un inconnu. « Tu devrais passer un peu de temps par ici, Maurice, disaient-ils. C'est une ville sympathique, riche en opportunités pour un pianiste talentueux comme toi. »

Je n'avais jamais fait d'auto-stop au-delà des limites de l'agglomération jusqu'à ce que j'aille à la fac et rencontre Veronica, dont la vie ressemblait à une histoire de mon invention. Sa mère était morte alors qu'elle était reliée à un poumon d'acier entreposé dans la salle de séjour familiale. Veronica avait quatorze ans à l'époque et apprit la nouvelle alors qu'elle faisait son premier trip sous acide. « Si tu veux gâcher une bonne défonce, c'est l'idéal », dit-elle. Son père s'était remarié à deux reprises au cours des quatre dernières années, la traînant deux fois dans des belles-familles différentes. L'expérience lui avait appris à se débrouiller toute seule. Elle était aventureuse et indépendante comme jamais je ne l'avais été, rompue aux arts du camping, du roulage de cigarette et de la sortie en catimini par les fenêtres du premier étage. Le campus de notre université était isolé dans les montagnes de la Caroline du Nord, loin des attractions touristiques célébrées dans la région. Nous commençâmes par des excursions d'une journée, d'abord à Gatlinburg pour voir les faux Indiens et ensuite à Cherokee pour voir les vrais.

C'était quelqu'un qui prenait les choses en main, et ensemble nous traversâmes les frontières de l'État, allant en stop jusqu'à Nashville et Washington, DC. À la fin de l'année scolaire, j'intégrai l'université d'État de Kent, et Veronica fit ses valises pour San Francisco, où son frère lui dégota un boulot dans un cinéma. Ses lettres faisaient paraître ma vie désespérément monotone et prévisible. « Je pourrais te trouver un job, il n'y aurait qu'à claquer des doigts ! écrivait-elle. Pop-corn et berlingots à volonté, et ça ne te coûtera pas un rond. Films à l'œil, un endroit propre pour chier – la totale ! »

Je tins un an avant de décider de la rejoindre. Je fis le voyage avec Randolph Feathers, un étudiant de deuxième année rencontré à une soirée. Randolph avait créé sa propre UV de littérature beatnik, matière qui, selon moi, ne méritait pas qu'on s'y attarde outre mesure. Sa collection de livres de poche tachés en édition originale reflétait sa conviction que le voyage serait spirituel, placé sous la haute autorité des fantômes de ses héros joueurs de bongos. En guise de préparatifs, il s'était laissé pousser une barbichette et avait acheté un chapeau de brousse qu'il avait décoré à l'aide de pin's et de badges épousant les nombreuses causes politiques qui lui tenaient à cœur. Veronica m'avait appris que, pour soutirer le plus de kilomètres possibles à un automobiliste, il était sage de ne pas le contredire, de ne pas l'agacer. S'ils étaient convaincus du bien-fondé de, disons, la stérilisation forcée des rouquins, mieux valait dire : « Hum, je n'y avais jamais réfléchi, n'empêche, vous tenez peut-être un truc, là. » Le couvre-chef de Randolph nous garantissait que nous ne voyagerions pas dans une Cadillac climatisée. Pour ne rien arranger, il avait décidé d'apporter sa guitare. Nous n'avions pas encore été pris une seule fois que déjà il sortait sa guitare et se mettait à composer une de ses sinistres ballades. « Debout sur le bord de l'autoroute, je fais du stop, pouce en l'air / Les gens taillent la route, prennent de grands airs. »

Quitte à choisir, j'aurais encore préféré un autostoppeur agitant un flingue plutôt qu'un type à guitare. Il était allongé pieds nus sur le bas-côté, la tête appuyée sur son sac à dos, à tortiller des orteils en se demandant pourquoi personne ne s'arrêtait pour nous. « Ce monde assassin est sans cœur, / Mais je le dis et j'ai pas peur / J'espère arriver à Frisco / Avant d'avoir perdu tous mes tifs, coco. »

Aux abords d'Indianapolis, on s'est fait prendre par deux jeunes types en Jeep qui se présentèrent comme Starsky et Hutch. Ils étaient tendus, cinglés, et avalaient des amphétamines que l'on peut se procurer sans ordonnance tout en sifflant des litres d'une bière forte et tiède.

À la question de savoir d'où ils venaient, Starsky fit mine de se mettre un doigt au fond de la gorge.

« C'est le code pour "Delaware" », expliqua Hutch.

Starsky fit un doigt au chauffeur d'une Gremlin orange.

« Et ça c'est le salut officiel de l'État », dit Hutch. Il avala une gorgée de sa bière et eut un renvoi, décrétant que c'était la devise de l'État.

Remarquant qu'ils n'avaient plus beaucoup de carburant, ils s'arrêtèrent dans une station-service où je proposai un peu d'argent pour participer aux frais d'essence, espérant que mon geste courtois serait accepté comme un paiement suffisant. Starsky dit qu'il avait assez, ajoutant qu'en revanche il ne cracherait pas sur des caramels. « Pas juste du chocolat, mais du caramel. Ça te dirait pas d'aller à la boutique voir s'ils en ont. »

Il est toujours préférable qu'un des deux reste dans la voiture au cas où le chauffeur aurait une envie pressante de se faire la belle avec vos sacs, aussi Randolph resta-t-il pour assurer nos arrières, scrutant le paysage plat et banal, jouant, à la demande de Hutch, « Free Bird ».

J'achetai un paquet de chips et une tablette de quelque chose qui ressemblait à une barre au caramel, puis revins à la voiture juste au moment où Starsky refermait le bouchon du réservoir. « Allez, monte, chef. » Il observait le pompiste qui approchait pour se faire payer, mais au moment où le gars arrivait à la pompe, Starsky démarra sur les chapeaux de roues, s'échappa de la station-service en roulant sur un remblai bétonné et regagna l'autoroute.

« Je ne suis pas sûr que ce soit très cool, dit Randolph. Et la police, alors ?

– La police ? » Starsky se retourna pour regarder derrière lui. « Hé-ho, amigo, on peut semer la police, no putain de problemo. » Il écrasa la pédale d'accélération et la Jeep se propulsa en avant, un peu comme un avion juste avant de s'envoler dans les airs. On doubla d'autres voitures comme si elles étaient à l'arrêt, Starsky penché en avant, cramponné à son volant, prenant l'air décidé du bombardier s'apprêtant à détruire un village de paysans innocents. Il hurla à Hutch de lui tenir le volant pendant qu'il ouvrait l'emballage de la barre au caramel, et la Jeep fit une embardée dans l'autre file, manquant de percuter un camion-citerne rempli de gasoil. Des klaxons retentirent, des freins grincèrent, et pour la première fois de ma vie je me dis : *C'est comme ça que les gens meurent ; c'est exactement comme ça que ça se passe.* Le chapeau de Randolph s'envola par la fenêtre, mais même si le vent violent avait emporté sa guitare, je ne crois pas que ça m'aurait plu. Ce n'était pas une situation qui m'autorisait à rire du malheur d'autrui. Nous étions tous les deux dans la même galère. Nous allions soit mourir soit passer le restant de nos jours dans l'arrière-salle d'un hôpital où les infirmières viendraient régulièrement masser nos membres endoloris et nous chuchoter des paroles d'encouragement. Derrière sa barbichette et son tee-shirt *tie and dye*, nous étions des frères tremblotants, nous pleurnichions et cherchions avec frénésie des ceintures de sécurité inexistantes, nous cramponnant l'un à l'autre en quête de soutien et de réconfort. Starsky et Hutch appréciaient apparemment notre lamentable attitude de froussards, ils secouaient le volant et faisaient des queues de poisson à d'autres conducteurs dans le seul but de nous voir nous recroqueviller et prier. On parcourut une formidable distance avant que Starsky se gare pour se soulager derrière un panneau d'affichage. Je fus frappé par le fait qu'il était capable de voler de l'essence et de menacer la vie d'innombrables inconnus, et cependant éprouvait le besoin de se cacher pour faire pipi. Il s'éloigna loin dans l'herbe, et Randolph et moi on en profita pour bondir hors de ce piège à rats, nos mains tremblantes à peine capables d'empoigner nos sacs. « Ici, c'est parfait, avons-nous dit. Vraiment, c'est exactement là qu'on voulait aller. »

Starsky remonta sa braguette, lui et Hutch changèrent de places, puis Hutch recula d'une trentaine de mètres avant de faire marche arrière jusqu'à nous : « Ah, autre chose, dit Starsky. Ton truc au caramel, il est dégueulasse. » Il recula encore et lança la barre dans notre direction avant de reprendre l'autoroute dans un nuage de gaz d'échappement et de gravillons propulsés. Elle heurta le panneau et vint rebondir sur la route, où Randolph s'arrêta pour la ramasser. Il l'essuya et en prit quelques bouchées avant de dire que lui, il la trouvait très bonne.

On arriva dans le Colorado, qui était tout à fait conforme aux photos des calendriers : ciel bleu sans un nuage, montagnes majestueuses piquetées de sapins splendides. Exactement comme un calendrier, sans voitures, ni maisons ni personne pour souiller la vue. Randolph mit à profit les temps morts pour composer une poignée de nouvelles chansons : « J'ai levé le pouce en l'air / j'ai croisé des mecs du Delaware. »

Durant une courte période, le fait d'avoir frôlé la catastrophe nous rapprocha. On raconta l'histoire à des chauffeurs dont un couple marié de longue date, chacun finissant les phrases de l'autre. L'expérience s'intégrait à la vision beatnik du monde qu'avait Randolph, et il parla avec une fréquence accrue de karma et de rédemption. Par un chaud après-midi ensoleillé, nous nous trouvions en bordure d'une rivière limpide au fort courant, dont le lit était pavé de galets lisses. Aucune voiture à l'horizon, alors on se déshabilla, et on se baigna, regardant à nos pieds de longs poissons argentés qui s'épuisaient à vouloir nager dans la mauvaise direction. La berge était recouverte d'un tapis d'aiguilles de pin odorantes, et des lapins s'ébattaient dans la prairie. Pour moi, c'était un de ces moments où le réalisateur allait surgir en l'air, juché dans sa nacelle au bout d'une grue en criant : « Et… parfait ! Cinquième prise, les gars, c'est dans la boîte. » Tandis que je m'émerveillais face à tant de beauté, Randolph hocha la tête d'un air entendu, se référant à une page et un chapitre bien précis d'un livre qu'il avait dans son sac. Manifestement, tout coïncidait, comme un touriste en bus, tenant son guide à la main, qui acquiesce en reconnaissant le pont de Londres. Mes sentiments fraternels s'estompèrent et furent définitivement enterrés quelques jours plus tard lorsque, terminant ce qui nous restait d'eau, il éructa bruyamment en me demandant un mot qui rimerait avec Utah. Je ne dormis pas pendant des jours.

Nous fûmes arrêtés à la frontière californienne et l'on nous intima l'ordre de remettre tous nos fruits et légumes, pour ne pas prendre le risque d'introduire quelque nouvelle espèce de mouches ou de charançons dans les champs beiges et secs qui entouraient le point d'inspection. Je n'ai jamais été de ces habitants de la côte Est sensibles à l'attrait romantique de la Californie. Cependant, il y avait quelque chose de libérateur dans le fait d'entrer dans une zone du pays où aucun membre de ma famille n'avait jamais mis les pieds. Randolph grattait doucement sa guitare et je me séparai de mes trois prunes pourrissantes comme s'il s'agissait de mon nom de famille dans mon pays d'origine. On traversa la frontière dans une Mustang couleur pêche appartenant à un orthophoniste de Barstow, et je me retournai sur mon siège avant de faire le vœu de ne plus jamais regarder derrière moi.

Le San Francisco qui nous attendait ne ressemblait pas du tout au laboratoire de la bohème décrit dans les livres tout abîmés de Randolph. Les rues grouillaient non pas de poètes introspectifs mais d'hommes en veste à clous et pantalon moulant en cuir. Veronica nous avait trouvé des chambres dans une résidence hôtelière tenue par un homme à la peau caramel dont la curieuse religion orientale exigeait le port de tuniques orange vif, d'incessants chants scandés et l'usage de menottes. Randolph resta dix jours avant de rentrer chez lui en bus peu après qu'un voisin l'eut acculé dans le hall, lui demandant s'il aurait l'amabilité d'inscrire son pénis à un concours de dégustation à l'aveugle. Veronica et moi, on partit trois mois plus tard pour l'Oregon, dans l'espoir de faire un malheur dans la cueillette des pommes et des poires. Un *malheur* décrit assez précisément le travail en question, et une fois que ce fut terminé, on remonta la côte tant bien que mal jusqu'au Canada, puis on retourna en Californie, et on retraversa le pays, faisant halte où bon nous semblait. C'était l'accomplissement d'un fantasme de lycée, si ce n'est que Veronica ne ressemblait pas du tout à un singe nasique. Cependant, c'était la compagne de voyage idéale, calme et d'humeur égale. On fut pris en auto-stop par des inconnus qui ne se seraient peut-être pas arrêtés si nous avions été deux hommes. Il y eut des femmes seules et des chauffeurs routiers qui prétendaient avoir besoin de compagnie, et pourtant prononçaient rarement un mot. Parfois les gens nous invitaient chez eux à passer la nuit sur leur canapé. « Les toilettes sont au fond du couloir et j'ai sorti des serviettes propres. Je vous fais confiance, merci de ne pas voler la télé ou la chaîne stéréo, mais pour tout le reste, servez-vous, de toute façon il n'y a que des ordures. » D'autres soirs, on dormit dans des maisons abandonnées et des champs ouverts, sous des ponts et des appentis et, une fois, dans le parking d'un casino à Las Vegas. On mit le cap sur le Texas avec pour unique objectif de voir un tatou, puis on vira au nord, pour arriver en Caroline du Nord à la mi-novembre. Le prochain arrêt serait Raleigh et, désireux de remettre à plus tard l'inévitable, j'envisageai de rendre visite à des amis de fac dans l'Ohio. C'était le plus long voyage que j'avais entrepris tout seul, mais avec toutes les bornes que j'avais désormais au compteur, je me sentais de taille à relever un tel défi. Avec le temps, j'avais mûri, pensais-je. Sans prendre modèle sur qui que ce soit, j'avais réussi à me métamorphoser pour devenir quelqu'un d'intrépide et d'héroïque, bien plus noble que les personnages décrits dans n'importe lequel des poèmes ou romans beatniks à la mode de Randolph. Mes amis de fac allaient me considérer comme un prophète, et ma présence les amènerait à remettre en question le bien-fondé de leurs vies insipides et prévisibles. « Raconte-nous encore tes trois jours dans le désert Mojave, demanderaient-ils. Tu n'as pas eu peur ? Le serpent à sonnettes, ç'a vraiment un goût de poulet ? Qu'est-ce que tu as fait des crochets ? »

Je n'avais pas prévu de mentir, mais il me parut opportun d'embellir mes histoires, de les étoffer, de les retoucher un peu. Debout sur le bord de la route, je me disais que j'aurais pu aussi bien dompter de farouches étalons ou attraper des truites à mains nues – l'important étant que j'avais saisi la vie à bras-le-corps, sans me soucier des conséquences.

Je fus pris en stop pour un trajet interminable par un représentant en fenêtres qui passa six heures à dire : « Tu ne fais que prendre, hein ? Là, avec ton pouce en l'air – tu te fiches du reste du monde, tu grappilles tout ce que tu peux. Oui, monsieur, tu grappilles tout ce que tu peux jusqu'à être au bord de l'explosion. Mais donner, hein ? As-tu jamais pensé à donner ? Bien sûr que non – tu es trop occupé à grappiller, M. Par-ici-la-monnaie, M. Donnez-moi-Donnez-moi-Donnez-moi. Je suis ce que tu appelles un "contribuable", je paie des impôts. Les impôts, c'est ce que doivent payer les travailleurs pour que quelqu'un comme toi puisse profiter d'une vie d'oisiveté. Je donne et je donne jusqu'à ce qu'il ne me reste plus rien ! Rien ! Ensuite je me retourne et je donne encore. Je donne et je donne à tous ceux qui prennent à l'oncle Sam, à vous tous, là, jusqu'au dernier mais pour moi, il y a quoi ? Je me disais qu'il serait peut-être temps d'avoir un petit quelque chose en retour. Oui, en effet, le moment est peut-être venu d'inverser un peu les rôles pour une fois. Toi, mon jeune ami, tu vas laver ma voiture, l'intérieur et l'extérieur. *Et en plus* tu vas payer pour ça ! »

Il sortit de l'autoroute et se dirigea vers un portique de lavage automobile, dont le toit soutenait trois phoques artificiels astiquant une limousine avec leurs ailerons à moteur. L'homme se tint à la hauteur du pare-chocs, et me surveilla pendant que je briquais sa voiture.

« Très bien, un peu de nerf, mon vieux ! Ensuite je veux que tu vides ces cendriers et que tu passes l'aspirateur à l'intérieur ; du plafond au plancher. Allez, magne-toi, s'agirait pas de mollir ! »

Exécuter ce travail ne me posait aucun problème, en revanche son approche du coaching me rendait dingue.

« Qu'est-ce que ça fait, de donner, pour une fois ? Pas très rigolo, hein ? Dépêche-toi, astique-moi ces enjoliveurs, je veux les voir luire. Astique, mon gars, astique ! »

J'astique, j'astique. C'est bon, lâche-moi, songeais-je. Chaque phare représentait son crâne chauve et luisant, et je m'escrimais avec mon chiffon comme si c'était du papier de verre. J'ai tout poli, de l'antenne à la plaque minéralogique, avant qu'il me tende mon sac, fiche le camp et klaxonne en rejoignant la circulation de l'après-midi. Je trouvai une première voiture qui me ramena à l'autoroute, puis une autre qui me déposa à plus de trente kilomètres de Charleston, en Virginie. Le soleil était bas et j'espérais que quelqu'un me prendrait pour un long trajet avant la tombée de la nuit, peut-être jusqu'à l'État de l'Ohio. Il faisait froid, et j'avais les mains gercées d'avoir lavé l'auto de ce taré, la peau à vif mais les ongles lustrés, tout brillants.

J'attendis vingt minutes avant que quelqu'un ralentisse et s'arrête vingt mètres plus loin. C'était un pick-up avec une annonce publicitaire pour une société de climatisation et de réfrigération. Il arrivait souvent que quelqu'un s'arrête un peu plus loin, un petit malin, pour repartir en rigolant alors que vous vous étiez épuisé à courir après lui pour le rattraper. En réaction à cela, j'avais mis au point une sorte de foulée nonchalante.

D'après sa chemise, il s'appelait T. W. Il avait les doigts souillés de cambouis, et sa cabine était jonchée de papiers de bonbons et de canettes de soda. Je lui demandai à quoi correspondait T. W. et il me répondit que ça correspondait à T. W. Son nom de famille, me dit-il, commençait par un *a*. « Donc quand on met tout ça ensemble, ça sonne assez bien. » Il avait un visage avenant, enfantin, ses traits exprimaient un air de perpétuel émerveillement. On aurait dit qu'il avait passé les dix dernières années dans le coma pour se réveiller et trouver que tout était nouveau et sensationnel. Je lui dis que j'étais étudiant en médecine, que je terminais mon internat, plus que quelques mois et je sortirais parmi les mieux classés de ma promo.

« Vraiment ? Pour être médecin et opérer ? Les gens ? Tu dois être un brin futé pour être médecin. Opérations du cerveau, tu dis ? »

Je lui avais expliqué que ça faisait des années que je pratiquais et que c'était loin d'être aussi difficile qu'on croyait. Cela pouvait paraître étrange pour un neurochirurgien de vingt et quelques années de compter sur des inconnus pour se déplacer, aussi lui dis-je que je faisais du stop suite à un pari avec un camarade de classe. « Cinquante dollars que je peux partir de l'université de Duke et arriver à temps à l'université de Kent pour la conférence de demain sur le lobe frontal, dis-je. Ce n'est pas que j'aie besoin d'argent ni quoi que ce soit, c'est juste un truc que nous, les médecins, on fait pour se défouler un peu.

– Eh bien, je vais faire en sorte que tu le gagnes, ce pari », fit T. W. Il expliqua qu'il était sorti en avance du boulot et serait ravi de m'accompagner jusqu'en Ohio, vu qu'il était couche-tard et n'avait plus passé de temps avec un médecin depuis qu'il s'était fait écraser le pied par un climatiseur, quelques années auparavant. Il poussa un cri victorieux : « Ça alors, dire que j'ai un neuro-toubib dans mon bahut ! » On allait tracer, mais il fallait au préalable qu'il dépose des documents à un ami. Il sortit de l'autoroute, et il prit une série de nationales et de petites routes de campagne tortueuses avant d'arriver à une taverne. C'était un bâtiment compact en parpaings éclairé par des réclames pour de la bière et une enseigne au néon annonçant l'existence d'un billard. Il m'invita à l'accompagner, mais je n'avais pas l'âge et, à cette époque, ne m'étais pas encore découvert de soif pour l'alcool. « Allez-y, moi je vais rester à l'intérieur préparer la lobotomie de la semaine prochaine. »

Ça me sidérait que T. W. crût vraiment que j'étais médecin. Une fois arrivés à Kent, je lui demanderais probablement de me déposer devant l'infirmerie, puis je finirais à pied les dernières centaines de mètres jusqu'à la résidence universitaire. J'espérais que nous ne passerions pas devant un accident sur le bord de la route, mais si cela arrivait, je lui dirais juste que je n'étais pas habilité à exercer dans cet État.

T. W. entra dans le bar au crépuscule. Je regardai le soleil s'estomper derrière les montagnes environnantes, j'attendis une heure, deux heures, trois, jusqu'à ce qu'il fasse trop noir pour pouvoir prendre mon sac et poursuivre mon périple tout seul. J'ignorais totalement où j'étais, et cette route était très peu passante. Il n'y avait pas de réverbères et j'entendais des chiens aboyer au loin. Lorsqu'il se mit à pleuvoir, je récupérai mon sac laissé sur le plateau du pick-up, le mis dans la cabine et en sortis un pull supplémentaire et une paire de chaussettes pour y enfiler mes mains. Une voiture s'arrêta dans le parking, et je vis le conducteur vider son cendrier sur le gravier avant d'entrer dans le bar. Ça semblait un geste bien adapté à ce type d'endroit. Regardant fixement les lumières de la taverne, je me demandai qui donc pouvait choisir de vivre dans un bled aussi minable. D'après ce que j'avais pu voir, ce n'était rien d'autre qu'une série de pavillons construits autour d'une supérette. Le paysage était assez chouette ; on pouvait admirer en passant les montagnes, mais comment ne pas être tenté d'aller ensuite dans un endroit plus grand ? Voyager était censé élargir vos horizons, mais sans la compagnie de Veronica, ça me déprimait finalement. Plus je voyais du pays, plus je me rendais compte que je ne comptais pour personne à part la famille que j'avais quittée – et qui donc les connaissait hormis leurs amis et voisins dans un bourg tout aussi anodin que celui-ci ? Raleigh avait certes droit à un point plus large sur la carte, mais, considérée comme un tout, la multitude des cités et des bourgs inconnus conspirait pour annuler le mythe branlant de ma suffisance. Cela me déprima d'y penser, aussi allumai-je la radio, et je tombai sur une émission où les gens appelaient le standard, les sujets du soir allant de la prochaine compétition de tracteur-pulling aux dangers cachés des radiateurs laissés sans surveillance. La chaleur. Autant lire un menu de restaurant à un prisonnier. J'écoutai les gens qui appelaient et imaginai leur domicile douillet et confortable tout en regardant des nuages glacés se former devant ma bouche, se dissipant dans l'air frigorifié.

T. W. sortit du bar en titubant aux alentours de dix heures du soir, pratiquement six heures après y être entré. Il avait passé les bras autour d'un homme au visage oblong et d'une femme obèse qui tenait son sac à main au-dessus de sa tête pour se protéger de la pluie.

Elle dit quelque chose, et les deux hommes se tordirent de rire, allant pratiquement jusqu'à vomir d'hilarité. J'étais d'une humeur exécrable mais je savais qu'il allait falloir faire avec, comme toujours lorsque je comptais sur quelqu'un d'autre pour obtenir une faveur. En dépit de tous ses avantages, l'auto-stop vous dépouillait du droit inaliénable de vous plaindre. J'allais devoir faire comme si je n'avais pas remarqué l'heure ni la température. « Vous avez fait vite, allais-je dire. Non, je suis parfaitement à l'aise, je me frotte juste les mains parce que je suis excité. Quoi de neuf ? » Un coup d'œil suffit pour remarquer que T. W. était saoul. Il a salué ses compagnons d'un geste et s'est employé à essayer de démarrer le moteur du pick-up, enfonçant la clé au petit bonheur, comme si le contact avait pu se déplacer durant sa longue absence et était à présent susceptible de se trouver n'importe où.

« Ces gens sont mes amis, dit-il. Je les connais depuis toujours et ce sont des gens bien, *marrants*, tu piges ? » Son visage avait perdu ses traces d'innocence et s'était durci, dogmatique. « Des amis. De *sacrés* amis personnels, *intimes*. Ce sont mes amis, mes putains d'amis *à moi.* » Il répéta le mot encore plusieurs fois, en se tapant sur le torse pour bien insister. « Des amis. Ils m'apprécient. Je les apprécie. On se connaît depuis un bail. »

Quelque chose me disait que nous n'allions pas partir de sitôt pour l'Ohio. On arriva à l'autoroute, qui était bien éclairée et grouillante de circulation. Je lui proposai de descendre, mais T. W. ne voulut rien entendre. « Oh non, fit-il. Tu rentres à la maison avec moi. À la maison, chez *moi*, avec *moi.* J'ai tout bien aménagé avec des tapis, des télés et toutes sortes de conneries dans le genre. Pas question que tu sois dehors tout seul un soir comme ça. Laisse tomber ces foutaises d'études et d'université, ces gens-là valent que dalle. »

J'imaginai sa maison aux murs peints n'importe comment et ses tapis couleur fumier, espérant qu'elle se trouverait sur une route où il y avait du passage. Une fois sur place, je pourrais certainement me sauver ; en attendant, il allait falloir que je me plie à ses caprices.

« Alors, comme ça, tu es un grand médecin de la cervelle, hein ? Tu aimes bien enfoncer tes petits doigts potelés dans le crâne des autres et bricoler tout ça, hein ? C'est ça que tu aimes faire, hein ? Eh bien moi je vais te donner de quoi bricoler, tiens, monsieur le grand manitou. »

Je regardais la route et ne vis rien venir. Il m'attrapa par les cheveux et d'un coup sec me força à coller le visage contre le siège, me maintenant comme ça d'une main pendant que, de l'autre, il fouillait dans la poche de son blouson. Le pick-up fit une embardée et dérapa sur le gravier du bas-côté jusqu'à ce qu'il empoigne le volant et reprenne le contrôle du véhicule. Quelque chose de froid et brut appuyait fort contre ma mâchoire, et avant même de le voir distinctement, je sus que c'était un pistolet. Sa présence m'inspira un sentiment d'urgence qu'on ne retrouve dans aucun film ou feuilleton télévisé où il joue un tel rôle clé. « Tu aimes ça, hein ? »

Seul un dément patenté pouvait poser une question aussi inepte. Je m'imaginai sa maison avec la même peinture moche aux murs et le même tapis, sauf que maintenant il y avait en plus des corps empilés, car cela paraissait l'endroit idéal pour que quelque chose de ce genre arrive. Il avait peut-être puisé dans son savoir-faire professionnel et construit une chambre froide pour empêcher la pourriture des corps, ou peut-être allait-il m'enterrer sous une cabane à outils et les autorités devraient m'identifier en utilisant mes radios dentaires. Mes radios dentaires, mon Dieu. Quand étais-je allé chez le dentiste pour la dernière fois, et pourquoi n'y étais-je pas maintenant, ma mère fumant dans la salle d'attente et découpant des recettes de cuisine dans des magazines féminins dès que la réceptionniste regardait ailleurs ? Sommé de communiquer ses dossiers, mon dentiste dirait probablement que je l'avais bien cherché à force de monter dans les voitures d'inconnus. Ils allaient tous dire ça. Dans ma famille on baisserait la tête, honteux de ma stupidité, tandis que les amis et les voisins de T. W. passeraient à la télévision pour dire : « C'était un gars tellement sympa, on n'avait pas du tout idée. »

Je sentis que le pick-up ralentissait et prenait un virage. Nous avions à présent quitté l'autoroute, nous étions probablement sur une bretelle de sortie. Il releva le pistolet pour redresser le volant, je rampai alors tant bien que mal sur le siège, ouvris la portière, et sautai avec mon sac, ne cessant pendant tout ce temps de penser aux nombreux flics de feuilleton qui semblaient pratiquer ce genre d'activité à un rythme hebdomadaire. Ma mère et ma sœur aînée avaient le visage collé à l'écran tandis que je me fichais d'elle et me moquais de leur enthousiasme. *Roulé-boulé*, songeai-je. N'était-ce pas ce que ma mère avait dit quand son héros avait sauté d'un train avec les plans secrets volés à l'ennemi ? *Roulé-boulé*, *roulé-boulé*. Je heurtai l'accotement en gravier et dégringolai dans un fossé boueux rempli d'ordures et de ronces. Mon sac avait atterri quelques mètres plus loin, je l'ai pris et j'ai piqué un sprint en me demandant ce qu'il y avait dedans et pourquoi. Derrière moi j'ai entendu le pick-up s'arrêter sur le bord de la route, la portière claquer, et quelqu'un se précipiter à travers les fourrés. C'était lui, il venait me régler mon compte. Voilà à quel point il m'en voulait, et maintenant j'allais vraiment avoir du mal à m'en sortir parce que, ce type, il était bien décidé. Je me suis dit que j'avais peut-être intérêt à grimper à un arbre, sauf que ça, c'est ce qu'on faisait lorsqu'on était poursuivi par des ours, non ? Peut-être que seuls les petits ours grimpaient aux arbres – les plus légers – mais tout de même, comment pouvais-je grimper avec des chaussettes aux mains ? Avec les plus gros ours, on était peut-être censé s'allonger et faire le mort, mais là c'était un homme, alors à quoi bon penser aux ours ? Il était armé et il allait me tirer dans le dos ou peut-être dans la tête, répandre des bouts de mon crâne sur le sol de la forêt comme des restes de melon. Dans la jambe, c'est peut-être là qu'il allait viser, ou dans l'épaule, me dégommer l'épaule, et je pourrais me considérer heureux de me masser le moignon et de composer les numéros de téléphone avec les doigts de la main gauche. Ce qu'il me fallait, c'était une arme. D'autres gens, des auto-stoppeurs, m'avaient dit qu'ils avaient toujours sur eux un petit quelque chose, un couteau ou une bombe de gaz incapacitant, et j'avais rigolé, en me disant qu'il n'y avait pas d'arme plus grande que l'esprit humain. *Espèce d'imbécile*. Un ouvre-boîte. Il y en avait peut-être un quelque part dans le fond de mon sac que je pourrais attacher à un bâton. Pour faire une lance, c'est ça, une lance ! J'en avais vu dans des magasins de souvenirs, décorées de perles et de plumes. Les Indiens faisaient des lances, non, ah non, je confondais avec les tomahawks, ils fabriquaient des tomahawks, mais comment s'y prenaient-ils ? Ne mettaient-ils pas des jours, voire des semaines ? Une bouteille cassée, un javelot, un de ces boulets de canon hérissés de pics que les chevaliers faisaient tournoyer en l'air au bout d'une chaîne : j'avais besoin de quelque chose dans mes mains, dans mes bras. J'avais besoin de ma mère ; elle mettrait le holà à cette histoire. *Vous, laissez mon fils tranquille !* Où était-elle maintenant, et que faisait-elle ? *Je suis désolé*. Je voulais qu'elle sache cela et répétai à l'envi : *Désolé, tellement désolé*. En tournant la tête pour regarder derrière moi, je suis tombé dans un entrelacs d'épineuses broussailles, il fallait que je me relève et coure, me suis-je dit, mais maintenant il était trop près. Je le voyais à travers les arbres, sa silhouette se découpait dans la lumière des phares. « Hé, dis donc, jeune docteur Kildare ou je ne sais, reviens. » Il a regardé quelque part sur ma droite, et je me suis rendu compte qu'il ne me voyait pas. « Je vais pas te faire de mal. Allons, enfin, remonte dans le pick-up. Je plaisantais, c'est tout. Il est même pas chargé, regarde. » Il a appuyé sur la détente et l'arme a émis un tout petit clic. « Je te faisais juste marcher, sérieux. Tu as pas le sens de l'humour ou quoi ? » Il est retourné lentement à son pick-up, courbé en avant, fouillant dans les buissons. « Hé, ducon. Ouais, c'est à *toi* que je cause. Ramène-toi. J'en ai marre de faire joujou. » Il a allumé une cigarette et appuyé sur le klaxon, comme si j'étais sorti uriner et que je m'étais égaré. « Tu veux dormir dans les bois sous une souche mouillée ? C'est ça que tu veux ? » Il a baissé la vitre et s'est mis à rouler doucement, la portière entrouverte, les loupiotes de la cabine allumées, en sifflant, comme s'il avait perdu son chien.

J'avais peur que ce ne soit une ruse. Il s'était peut-être garé un peu plus loin, et prévoyait de m'attraper par surprise au moment où j'essaierais de m'enfuir. Et s'il faisait le tour pour me surprendre par-derrière ? D'un autre côté, pendant que je restais tapi, il pouvait être en train de charger son pistolet ou de téléphoner aux acolytes de sa secte ou de sa clique, qui allaient battre la forêt avec des matraques et un sac de toile pour y fourrer mon corps. Je me suis relevé, puis accroupi. Relevé et accroupi, j'ai refait le mouvement plusieurs fois, comme pour amorcer une pompe, et je suis sorti des bois à toute allure, j'ai dévalé la colline et couru jusqu'au terre-plein central de l'autoroute, où j'ai agité les bras en suppliant pour que quelqu'un s'arrête. Les deux premières voitures m'ont évité de justesse, mais la troisième s'est arrêtée. C'étaient trois étudiants qui rentraient chez eux, à Akron, pour le week-end. Je leur ai raconté ce qui m'était arrivé d'une voix fluette et haut perchée. « Et ensuite j'ai sauté du pick-up et j'ai couru dans les bois et il m'a poursuivi avec un pistolet et…

– Je voudrais pas me mêler de ce qui me regarde pas, m'a coupé le conducteur, mais, à tout hasard, tu serais pas pédé ? »

Ses copains ont mis la main devant la bouche et ont ricané. Ce n'était pas la réaction empreinte de compassion à laquelle je m'attendais. Ils m'avaient pris dans l'espoir que j'aurais de la drogue, et ils avaient eu raison. Nous avons fumé quelques joints, puis le conducteur a mis une cassette des Ozark Mountain Daredevils. Tel a été mon châtiment. Ma récompense c'est que pas un mot de plus n'a été prononcé jusqu'à ce qu'ils me déposent sur la route de Kent.

Je continuai de faire de l'auto-stop pendant quelques années, mais après l'incident avec T. W., j'avais l'impression que quelque chose avait changé. D'une certaine manière, j'étais marqué. J'avais toujours compté sur le fait que les gens me feraient confiance, mais désormais, c'était moi qui ne leur faisais plus confiance. Un conducteur se présentait sous le nom de Tony, et je me demandais pourquoi il avait choisi ce nom-là. C'étaient des menteurs, tous jusqu'au dernier. Ma tendance soupçonneuse était une balise qui attirait précisément les gens que j'aurais voulu éviter. Les automobilistes se mirent à me faire monter avec l'idée que j'avais plus à offrir que ma gratitude. Les drogues, ça c'était facile ; j'en avais sur moi et en offrais bien volontiers quand on m'en demandait. Ce qui me déconcertait, en revanche, c'étaient les avances sexuelles. Comment espéraient-ils accomplir quoi que ce soit à quatre-vingts kilomètres à l'heure, et pourquoi me choisir moi, un parfait inconnu ? Lorsque je pensais à l'acte sexuel, je visualisais quelqu'un debout devant moi en train de pleurer : « Je t'aime tellement que… je ne sais même plus qui je suis. » Mon petit copain imaginaire n'avait pas de couleur de peau précise, pas d'âge particulier, tout ce qui comptait c'était qu'il était dingue de moi. Notre première rencontre aurait lieu dans d'étranges circonstances : au baptême d'un navire de guerre, ou peut-être qu'un ouragan nous aurait rapprochés, nous nous serions rencontrés dans un abri anti-tempête. Je pensais à notre période de flirt et à l'anniversaire de notre rencontre que nous fêterions chaque année, à nos enfants adoptés qui se réuniraient à nos pieds en disant : « Racontez-nous encore votre premier rendez-vous. » J'imagine que nous aurions pu nous rencontrer dans une voiture ou un minibus, mais pas alors que je faisais de l'auto-stop ; il faudrait que ce soit plus compliqué que ça. Le conducteur de mon véhicule aurait peut-être eu une crise cardiaque, et le futur amour de ma vie serait l'un des médecins. L'important étant que je ne m'y attende pas ; tout le romantisme serait là.

« Tu couches souvent quand tu fais du stop ? » Ceux qui prenaient le moins de pincettes étaient les hommes avec des alliances et des sièges auto, dont la double vie secrète exigeait des rapports rapides et anonymes. J'eus une désagréable expérience avec un couple marié, non loin d'Atlanta. À deux heures du matin, ils roulaient en Cadillac, tous deux torse nu. Ils m'invitèrent à passer la nuit chez eux, le mari se masturbait nonchalamment tandis que sa femme se coiffait. « On vous fera quelque chose à manger, offrit-elle. Je suis un vrai cordon-bleu, vous pouvez demander à qui vous voulez. »

Quelques jours plus tard à Fayetteville, je fus emmené au bout d'un obscur chemin de terre par un type qui proposa de m'écraser le crâne comme une cacahouète. Me réfugier dans les broussailles était devenu une sorte de hobby, et je sus qu'il était temps de sérieusement me poser des questions. J'ai parcouru à pied les quatorze kilomètres jusqu'au centre-ville, je suis monté dans un bus, et n'ai plus jamais refait d'auto-stop.

Je n'ai toujours pas appris à conduire une voiture. Une fois, j'étais en vacances avec mon copain, il s'est arrêté dans le parking désert d'un fast-food et a exigé qu'au moins j'essaye. Il m'a montré la différence subtile entre l'accélérateur et le frein, nous avons échangé nos places, et il s'est mis à protester bruyamment quand, d'un coup de volant, je me suis engagé sur une route à double sens. C'était un dimanche et il n'y avait pour ainsi dire pas de circulation. J'ai doublé un enfant à vélo et une vieille femme qui poussait une brouette. Le fait qu'ils soient si proches m'a rendu un peu fébrile, alors je me suis déporté vers le milieu de la chaussée, où je me sentais plus en sécurité. J'ai accéléré en imaginant que j'avais une femme enceinte à emmener d'urgence à la maternité, puis j'ai ralenti en roulant doucement sur le bas-côté, faisant semblant de m'être endormi au volant. Nous sommes arrivés à une maison style ranch peinte couleur gomme. Un homme se tenait dans le jardin. Il portait un tablier et s'activait devant un barbecue fumant. J'ai enfoncé le klaxon et salué de la main, m'attendant à ce qu'il lâche ses pinces et coure se mettre à l'abri, réagissant comme s'il avait vu un chimpanzé derrière un volant. Au lieu de plonger dans le premier bosquet, le type a brandi sa main gantée et m'a salué avant de reprendre où il en était. Quelle excitation de constater qu'on pouvait à tort me prendre pour un conducteur, que je pouvais un bref instant passer pour quelqu'un de responsable et d'autonome. J'ai apprécié l'excursion mais savais que ça ne deviendrait jamais une habitude. Conduire, c'est trop dangereux, et en plus, je ne suis pas du genre à remplir les formulaires d'assurance. J'ai emménagé dans des villes dotées d'un réseau correct de transports en commun, Chicago, puis New York, qui est encore mieux parce qu'il y a davantage de taxis. On tend la main comme pour l'auto-stop, si ce n'est qu'on replie le pouce contre la paume. Les chauffeurs ne parlent pas très bien anglais, mais c'est en partie pour cela qu'on les paie : la tranquillité.

De temps à autre, je me retrouve dans une voiture conduite par un ami, et nous passons devant quelqu'un debout sur le bord de la route. Il a les cheveux en pétard à cause de la circulation, et ses lèvres bougent, prononçant un juron ou une prière. J'ai envie de dire au conducteur de s'arrêter sur le bas-côté, mais au lieu de cela, je fais comme s'il y avait soudain un problème de réception avec l'autoradio, et je baisse la tête jusqu'à ce que le fantôme ait disparu du rétroviseur.

J'aime les garçons

Juste avant la fin du collège, on nous a annoncé que, l'automne venu, le système scolaire de notre comté adopterait une politique d'intégration raciale en procédant à un ramassage scolaire obligatoire. Ma prof d'espagnol annonça la nouvelle d'une manière qui, espérait-elle, nous amènerait à mieux comprendre sa beauté et sa générosité.

« Je me rappelle un jour, à la Grande Foire, je faisais la queue pour acheter un Sno-Kone, dit-elle en palpant les accroche-cœur qui encadraient son visage massif, compact. Une fillette de couleur a couru vers moi et a tiré sur ma chemise en me demandant si elle pouvait toucher mes cheveux. "Juste une fois, a-t-elle dit. Juste une fois pour me porter bonheur."

« Vous, je ne sais pas, mais moi j'accorde beaucoup d'importance à mes cheveux. » Les élèves de ma classe hochèrent la tête pour signifier que leurs cheveux à eux comptaient aussi beaucoup pour eux. Ils s'avancèrent légèrement sur leurs sièges, curieux de connaître la chute de cette histoire. La petite Noire tenait peut-être une lame de rasoir dissimulée. C'était peut-être une perturbatrice en mission pour recueillir un nouveau scalp blanc.

J'attendais, sidéré par leur naïveté. Comme toutes les anecdotes que cette bonne femme nous avait racontées, celle-ci visait une fois de plus à se faire mousser.

« J'ai vérifié qu'elle n'avait pas de bonbons dans les mains, puis je me suis penchée et j'ai laissé cette fillette de couleur me toucher les cheveux. » Sur ce, la larme à l'œil et l'œil vague, la prof nous gratifia du regard qu'elle réservait pour les grands moments de sentimentalisme théâtral. « Alors la fillette couleur caramel a posé sa main sur ma joue et a dit : “Oh, ce que j'aimerais être blanche et belle comme vous.” » Elle s'interrompit, se plaça au bord du bureau, posant comme pour un portrait que l'État fédéral pourrait utiliser sur un timbre commémorant la galanterie. « La chose dont il faut se souvenir, dit-elle, c'est que, plus que tout dans ce monde, ces gens de couleur regrettent de ne pas être blancs. »

Moi, je ne gobais pas ces sornettes. C'était la même bonne femme qui, annonçant qu'elle était enceinte, avait déclaré : « Je prie juste pour que mon premier enfant soit un garçon. J'aurai un garçon, et ensuite peut-être, plus tard, j'aurai une fille, parce que, dans l'autre sens, il y a de bonnes chances que le garçon vire tout drôle.

– “Tout drôle”, comme par exemple sans bras et sans jambes ? avais-je demandé.

– Ce n'est pas très amusant, avait rétorqué la prof. C'est tragique, et toi, jeune homme, tu devrais avoir les lèvres cousues pour dire de telles horreurs. Quand je dis “tout drôle”, je veux dire tout drôle comme ça… »

Elle laissa flotter son poignet, fit pendouiller sa main dans le vide. « Je veux dire “tout drôle” dans ce sens-là. » Elle a traversé la classe en minaudant, mais cela illustra fort mal son propos, car c'était plus ou moins sa démarche habituelle, une série de petites cabrioles, le dos bien droit, comme si elle avait quelque chose de valeur posé en équilibre sur sa caboche vide. Sur le même thème, le prof de math nous livrait une bien meilleure version. S'emparant à la volée d'un sac à main suspendu au dossier d'une élève, il se pavanait dans la classe, clignait ostensiblement des paupières, soufflait des baisers aux garçons du premier rang en faisant semblant de tenir un guidon. « J'adore le vélo, je suis le roi de la pédale », disait-il.

Craignant d'attirer l'attention, je m'esclaffais et gloussais avec le reste de la classe, sans cesser de me dire : *C'est de moi qu'il parle*. Si je me moquais des gens, je devais cependant m'attendre à un petit quelque chose en retour, cela semblait normal. Et pourtant, cela m'ennuyait qu'ils choisissent la solution de facilité pour faire rire. Comme amuseurs, ces profs ne valaient pas un clou, c'étaient des zéros. À peine capables de s'imiter eux-mêmes. « Regardez-vous ! s'écriait mon prof de gym en faisant crisser ses tennis sur le terrain de basket. Vous n'êtes qu'une bande de nanas, un ramassis de pédales danseurs de claquettes. »

Les autres gars haussaient les épaules ou souriaient en regardant fixement leurs chaussures. Ils réagissaient comme si on les avait traités de bouddhistes ou de vampires ; certes, c'était une insulte, mais personne n'y aurait vraiment cru. En revanche, s'ils avaient psalmodié dans l'intimité du temple de leur jardin ou dormi dans un cercueil, alors là ils auraient ressenti la morsure de celui qui vient d'être repéré, là ils auraient connu ma peur d'être découvert.

Je n'avais jamais rien fait avec un autre garçon, et je priais littéralement pour que cela n'arrive jamais. J'avais eu beau fantasmer là-dessus, je comprenais qu'il ne pouvait rien y avoir de pire que d'officialiser la chose. On les voyait à la télévision de temps en temps, les homosexuels, parfois dans les émissions de l'après-midi. Personne ne les traitait jamais ouvertement de pédales, mais on voyait bien à leur voix lorsqu'ils flattaient l'animateur et proclamaient un grand respect pour les autres invités. C'étaient les célébrités à qui on ne posait jamais de questions sur leur vie de famille, les comiques qui faisaient passer des écharpes sous leurs postiches ou encadraient leurs visages bouffis de leurs paumes ouvertes pour tenter de faire disparaître les cernes qu'ils avaient sous les yeux. « Le ravalement de façade de ce pauvre homme », disait ma mère. Ils avaient beau être tout le temps bien sapés, ces types paraissaient moites de transpiration et désespérés, prêts à faire les imbéciles en échange d'applaudissements qu'ils semblaient confondre avec de l'amour ou de l'approbation. Je percevais quelque chose de moi dans leur élocution affectant la lassitude, dans leur façon de croiser les jambes et de rire de leurs propres blagues. J'imaginais comment ce devait être chez eux : la disposition méticuleuse de leurs petits tapis et de leurs canapés d'angle, les magazines soigneusement placés en éventail sur les tables basses sans femme ni enfants pour en troubler l'harmonie. J'imaginais la pornographie dissimulée dans leurs placards, et les visualisais sanglotant tandis que les policiers les emmenaient, chaînes aux pieds, alors qu'un adolescent debout dans le halo des projecteurs de télévision s'écriait : « C'est lui ! C'est lui qui a touché mes cheveux ! »

Mon espoir était de remporter un concours, d'empocher le prix, et d'utiliser l'argent pour aller voir un psychiatre qui pourrait me guérir de mes pensées homosexuelles. Électrochocs, chirurgie cérébrale, hypnose – j'étais prêt à essayer n'importe quoi. Sous la houlette d'un médecin, je m'attellerais à la tâche et changerais vraiment, je me jurais que je le ferais.

Mes parents connaissaient un couple dont le fils, ivre au volant, avait écrasé un pasteur presbytérien. Ils avaient des amis dont la fille aînée avait saupoudré d'Ajax un gâteau Bundt, et avaient entendu parler d'un enfant qui, sous l'effet des émanations d'une peinture en aérosol, avait mis le feu au cocker de la famille. Toutefois, ils ne parlaient jamais de quiconque ayant un fils homosexuel. Cela me paraissait improbable, mais le message demeurait le même : c'était manifestement la pire chose qui pouvait arriver à quelqu'un. L'anxiété quotidienne était déjà bien assez douloureuse sans qu'en plus mes enseignants s'en mêlent avec leurs offensives mesquines. Si mon prof de math avait été capable de soustraire l'alcool à son régime, il serait encore sur le terrain de football, qui était sa place véritable ; quant aux références de ma prof d'espagnol, elles ne se fondaient sur rien de plus qu'un long week-end à Tijuana, pour autant que je sache. Je cessai de faire leurs contrôles en classe et leurs devoirs à la maison, acceptant d'avoir les plus mauvaises notes, plutôt que de leur faire le plaisir d'avoir des notes susceptibles de promouvoir leur réputation de bons professeurs. C'était une tactique dont j'étais la seule victime, mais je la trouvais astucieuse. Nous avions tous nos stratégies d'échec, nous autres, tous les garçons que j'avais fini par identifier comme étant homosexuels. À l'exception de quelques élèves venus dans le cadre d'un échange, je connaissais la plupart d'entre eux depuis le CM2. Nous avions passé des années ensemble dans des salles aux murs de briques tandis que des orthophonistes essayaient les uns après les autres de nous guérir de nos zézaiements. Il y aurait eu un spécialiste de la marche, nous nous y serions probablement retrouvés aussi. C'étaient les mêmes garçons qui apportaient en cours de gym des mots d'excuse grossièrement falsifiés et étaient les premiers à lever le doigt quand le prof d'anglais demandait un volontaire pour lire tout haut *Jody et le faon* ou *Sa majesté des mouches*. Nous nous étions depuis longtemps identifiés et avions compris qu'en raison de tout ce que nous avions en commun, nous ne pourrions jamais être amis. Sympathiser, c'eût été attirer l'attention. Nous étions membres d'une société secrète fondée sur le dégoût de soi. Lorsqu'un professeur ou un camarade de classe se moquait d'un vrai homosexuel, je m'arrangeais pour que mon rire soit le plus fort de tous. Quand le vêtement d'un membre du club était jeté dans les toilettes des vestiaires, j'étais toujours le premier à crier hourra. Lorsque c'était un de mes vêtements, je voyais les visages de mes semblables prendre des expressions reconnaissables de soulagement. *Pédés*, songeais-je. *Ça aurait dû tomber sur vous*.

Plusieurs de mes professeurs, pour parler de l'intégration scolaire à venir, grattaient les auréoles humides de leurs aisselles, retroussaient les lèvres pour exhiber au maximum leurs dents et leurs gencives. Ils faisaient des bruits de singe, une succession hystérique de ouh-ouh et de ah-ah pour laisser entendre que d'ici peu notre école ne serait plus qu'une jungle. Si un véritable singe avait été dans la salle de classe, il aurait sans doute identifié leurs appels comme des cris de panique. Tout ce qui les faisait souffrir m'apportait de la joie, mais je doutais qu'ils parlent encore ainsi une fois l'automne venu. D'après tout ce que j'avais vu à la télévision, les Noirs ne supporteraient jamais une telle bêtise. En tant que peuple, ils se serraient apparemment les coudes. Ils savaient se bagarrer, et j'espérais qu'à partir du moment où ils seraient là, la bataille serait l'affaire des gladiateurs, et que le reste d'entre nous serait épargné.

À la fin de l'année scolaire, ma sœur Lisa et moi fûmes dispensés de nos travaux bénévoles et envoyés un mois en Grèce dans une colonie de vacances, dont la brochure de présentation disait que c'était « le joyau de la couronne de la mer Ionienne ». La colonie était exclusivement réservée aux Gréco-Américains et prodiguait un enseignement dans des domaines tels que les chants folkloriques et un truc baptisé « prière religieuse et drapeau ». Je méprisais l'idée d'une colonie de vacances, mais il me tardait de pouvoir me vanter d'être allé en Europe. « Ça vous change quelqu'un ! » avait dit notre voisine. À la suite d'un séjour à Saint-Tropez, elle avait balisé son jardin d'une série de drapeaux internationaux gros comme des mouchoirs. Femme naguère discrète et pudique, elle paradait à présent dans son jardin portant seulement des sabots et un bikini en crochet. « L'Europe est la meilleure chose qui puisse vous arriver, surtout si vous aimez le vin ! »

Je voyais l'Europe comme l'occasion de me réinventer. Je n'allais pas changer d'aspect extérieur et m'exprimerais sans doute de la même façon, mais le fait d'avoir arpenté ces rues pavées contribuerait à ce que je sois identifié comme *Européen.* « Il a un passeport, chuchoteraient mes camarades de classe. Vite, filons avant qu'il ne nous juge ! »

Je me disais que je me trouverais une petite amie en Grèce. Ce serait une touriste française qui se promènerait sur la plage avec une baguette sous le bras. Lisette apporterait la preuve que je n'étais pas un homosexuel mais un homme raffiné. Je nous voyais main dans la main avec l'Acropole en toile de fond, elle me supplierait de garder son accordéon en souvenir de notre amour. « Ne fais pas l'idiote, lui dirais-je en essuyant les larmes dans ses yeux, donne-moi juste le béret, cela suffira pour te garder dans mon cœur jusqu'à la fin des temps. »

Au cas où personne ne me croirait, ma sœur serait là comme témoin. Lisa et moi ne nous entendions pas très bien, mais j'espérais que les chaudes eaux de la

Méditerranée feraient fondre le glaçon qu'elle avait à tort pris pour un thermomètre rectal. Face à un pays d'inconnus, elle n'aurait d'autre choix que d'apprécier ma compagnie.

Notre père nous accompagna à New York, où on retrouva nos futurs camarades de colo pour le vol charter à destination d'Athènes. Ils étaient des centaines, chacun débordant de confiance en soi, et d'humeur festive. Ils jetaient à travers la salle les sacs fourre-tout gracieusement offerts par Aegean Airlines en hurlant et en se bousculant. C'est ainsi que je me comporterais à notre retour de colo, mais pas une seconde avant. Si ç'avait été une colonie exclusivement pour filles, j'aurais pu afficher un certain enthousiasme. On m'aurait envoyé seul arracher des sangsues collées sur le dos de Pygmées assoiffés de sang, j'y serais peut-être allé vaillamment – mais passer un mois dans un dortoir rempli de garçons, c'était trop me demander. J'avais essayé de me sortir ça de la tête, mais, acculé à la perspective d'un mois en leur tumultueuse présence, je cédai petit à petit à l'hystérie. Mes troubles nerveux s'intensifièrent, et une petite foule se rassembla pour assister à ce qu'ils crurent être une exotique danse folklorique. Si ce séjour inspirait de l'inquiétude à ma sœur, elle n'en laissait rien transparaître. Détachant mes doigts agrippés à son poignet, elle traversa la salle et se présenta à une fille en train de trier les mégots récupérables dans un cendrier sur pied. C'était une fille du Queens, l'air pas commode, qui s'appelait Stefani Crisecardiacopoulos ou Testiculos. Je me souviens seulement que son nom de famille lui garantissait une vie entière de ressentiment. Stefani arborait des lunettes de soleil d'aviateur avec verres miroir et avait un peigne géant enfoncé dans la poche arrière de son jean taille basse. De toutes les filles présentes, c'était bien la dernière avec qui j'aurais imaginé que ma sœur s'acoquinerait. Elles s'assirent l'une à côté de l'autre dans l'avion, et le temps qu'on débarque à Athènes, Lisa parlait avec un très mauvais accent du Queens. Durant le long trajet en avion, tandis que j'étais assis, tout recroquevillé, à côté d'un garçon qui s'appelait Seamen, ma sœur accomplissait une longue métamorphose physique et culturelle. Ses cheveux qui lui arrivaient à l'épaule étaient désormais coiffés avec une raie sur le côté, lui masquant la moitié gauche du visage comme pour dissimuler une vilaine cicatrice. Elle jurait et crachait, regardant, l'air renfrogné, par la fenêtre du bus affrété pour nous, à croire qu'elle était venue en Grèce uniquement pour en découdre. « Quel bled paumé, s'écria-t-elle. La vache j'aurais su qu'y ferait si chaud, j'serais restée au bercail la tronche dans le four, hein les filles ! »

J'avais honte d'entendre ma sœur se donner tant de mal pour parler avec un accent qui ne faisait que l'humilier, et cependant, en silence, je la félicitais pour l'effort. Je l'approchai une fois à la colo, un ensemble de bâtiments blanchis à la chaux qui se cramponnaient à la côte déserte, loin de tout village alentour.

« Écoute, dufion, dit-elle, tant qu'on est ici, je te connais pas, et toi non plus tu me connais pas, pigé ? » À l'entendre, on aurait dit qu'elle auditionnait pour partir jouer *West Side Story* en tournée, une main sur une hanche, l'autre tripotant le peigne dans sa poche comme s'il s'agissait d'un cran d'arrêt.

« Hé, Carolina, l'appela une de ses nouvelles amies.

– Ouais, j'arrive, éructa-t-elle en retour ; je raboule ma poire. »

Ce fut la dernière fois que nous nous adressâmes la parole avant notre retour à la maison. Lisa s'était adaptée avec une aisance remarquable, mais un nœud au creux de l'estomac me faisait dire que pour moi ça n'allait pas se passer aussi facilement. La colo dura un mois, pendant lequel mon transit intestinal fut frappé d'immobilisme. J'étais habitué à disposer de toilettes semi-privées et ne pouvais me résoudre à occuper les cabines des W-C hommes de peur que quelqu'un reconnaisse mes chaussures ou, encore pire, ne voie pas du tout mes chaussures et entre sans prévenir. S'asseoir trois fois par jour pour ingurgiter un copieux repas grec devint un exercice proche du bourrage de mousquet. Je me disais que je m'éclipserais durant l'une de nos sorties éducatives, mais ces W-C-là consistaient juste en un trou dans le sol, un trou que j'aurais pu combler sans le moindre problème. J'envisageai de faire mes besoins dans la mer Ionienne, mais, pour une raison qui ne nous fut pas donnée, nous avions interdiction de nager dans ces eaux. Il y avait sur la propriété de la colonie de vacances une piscine olympique remplie d'eau de mer qui devint vite terne en raison de petits bouts épars de méduses pulvérisés par la pompe. Les minuscules tentacules provoquaient des zébrures sur la peau des adolescents de la colo, aussi fut-on informés peu de temps après notre arrivée que nous pourrions photographier aussi bien la piscine que l'océan mais que nous ne pourrions nager ni dans l'une ni dans l'autre. Les Grecs avaient inventé la démocratie, bâti l'Acropole, puis n'avaient plus levé le petit doigt. Les plages horaires initialement prévues pour la natation furent transformées en « heures de méditation » pour les filles et en entraînement de foot prolongé pour les garçons.

« Je pense que je ferais vraiment mieux de me consacrer à la méditation, dis-je à l'entraîneur en massant mon ventre distendu. J'ai un problème personnel qui, pour ainsi dire, me pèse. »

Comme nous étions d'abord et avant tout des Américains, le camp de vacances était en fait un prolongement du lycée, si ce n'est que tout le monde ici avait des grains de beauté en excès ou alors un seul sourcil. Les beaux gosses sportifs menaient la danse en cherchant à gagner la faveur des moniteurs, gâchant notre séance hebdomadaire de cinéma en plein air avec leur chahut imbécile. De temps en temps, les autocars de location nous emmenaient voir l'une des nombreuses splendeurs du pays, nous dévalisions alors les boutiques de souvenirs, volant tout ce qui n'était pas enchaîné aux étagères ou fermé à clé derrière des vitrines surveillées. Il s'agissait de bagues puzzle en toc et de vases minuscules, de petites chaussures à pompons, et de tasses à café portant l'inscription SPARTE EST POUR UN AMOUREUX. Mon expérience en matière de vol à l'étalage était la seule chose qui me donnait un avantage sur les garçons populaires. « Tiens-le comme ça, chuchotais-je. Ensuite tu pivotes et glisses la statue de Diane dans le fond de ton short, en la recouvrant avec ton tee-shirt. N'oublie pas de sortir à reculons et n'oublie jamais de saluer de la main pour dire au revoir. »

Il y avait un garçon au camp avec qui je sentais que je pourrais m'entendre, un gars originaire de Detroit qui dormait sur le lit sous le mien. Jason avait tendance à détourner le regard quand il parlait aux autres garçons, à regarder systématiquement ailleurs comme pour étudier les conditions météo. Comme moi, il mettait à profit son temps libre pour se recroqueviller en position fœtale, regardant fixement le calendrier disposé à son chevet, où tous les jours endurés jusqu'alors étaient repérés d'une croix. Nous terminions la tranche 7 h 15 – 7 h 45 consacrée au lavage-rinçage, lorsque le moniteur de chambrée arriva pour l'inspection en hurlant : « Non mais vous êtes quoi, une bande de pédés incapables de faire vos lits ? »

Je ricanai tout haut de sa stupidité. Si quelqu'un savait faire un lit, c'était bien un pédé. C'est pour les autres qu'il y avait du souci à se faire. Je vis Jason rigoler également, et on ne tarda pas à se moquer du moniteur responsable de chambrée, nous traitant mutuellement d'abord de « pédé » puis de « pédé puant ». Nous étions des « pédés fainéants » et attrapions des « coups de soleil de pédé » avant de finir par devenir des « pédés de pédales ». Nous ne pouvions pas protester contre le mot, car c'eût été reconnaître la vérité dont il était porteur. Au mieux, nous pouvions prendre cela à la rigolade. Incarnant le terme dans toute sa gloire galvaudée, nous minaudions et nous pavanions dans le dortoir pour notre plus grand divertissement quand les autres avaient le dos tourné. Je me vis accomplir une performance autrement plus réussie que celle de mes professeurs, qui n'étaient jamais parvenus à capturer l'esprit de bravade cinglée inhérent au rôle. *Pédale*, le mot, était toujours assené sur un ton âpre, ingrat, qui seyait à ceux assez faibles ou assez stupides pour agir sur un coup de tête. On s'en servit comme plaisanterie, accusation et finalement défi. Tard le soir, je sentais mon lit décocher des ruades et tanguer, sachant que ou bien Jason se masturbait ou bien il battait des œufs pour une omelette. *Est-ce à moi qu'il pense ?* Je suivais son exemple et constatais le lendemain matin au réveil que toute la carcasse en ferraille de notre lit s'était écartée du mur de quarante-cinq bons centimètres. Notre amour avait le pouvoir de déplacer des lits superposés.

Faute de volonté, nous étions tributaires des circonstances pour demeurer séparés l'un de l'autre. *Cela ne peut pas arriver* était accompagné du grincement des ressorts du lit qui susurraient : *Oh, peut-être juste une fois*. Vint un après-midi où on se retrouva tous les deux seuls dans le dortoir. Ce fut l'escalade : ce qui avait commencé comme un échange d'injures se transforma en une série de claques faussement fâchées. On se battit sur un des lits du bas, chacun mourant d'envie d'être immobilisé par l'autre. « Vous croyez avoir inventé le sexe, les enfants ? » aimait dire ma mère, mais n'était-ce pas le cas ? Sans mode d'emploi ni période de formation imposée par les autorités fédérales, n'avons-nous pas tous eu le sentiment d'avoir découvert quelque chose de formidablement moderne ? Ce qui produisait chez les autres une sensation d'euphorie nous laissa Jason et moi un sentiment de culpabilité très gênant. On s'enfuit de la pièce comme si, avec nos tripotages, nous avions libéré quelque virus auquel nous pouvions encore échapper à condition de courir assez vite. L'un de nos moniteurs ne m'aurait pas attrapé en train d'escalader la barrière, j'aurais certainement pu me retrouver à Raleigh le lendemain matin, en ricochant à la surface de l'eau comme un de ces lézards qu'on montre souvent à la télévision dans les émissions animalières.

Surprise en train d'embrasser un des chauffeurs de bus grecs, une fille de la colonie âgée de seize ans fut obligée de rester debout à côté du mât en pantalon long et pullover épais. On la regarda brûler au soleil jusqu'à ce que, totalement rôtie, elle s'effondre à terre et perde connaissance.

« Voilà ce qui arrive, annonça le chef des moniteurs, à ceux qui batifolent. »

Si tel était le châtiment pour un garçon et une fille, j'étais sûr que pour deux garçons la peine impliquerait d'une façon ou d'une autre du fil de fer barbelé, un troupeau de baudets, et le volcan le plus proche. Rien cependant ne serait à la hauteur de la cruauté et de l'humiliation que Jason et moi ne tardâmes pas à nous infliger l'un à l'autre. Il lança une rumeur comme quoi j'avais volé la coquille de protection d'un autre garçon de la colo et que je la portais en secret contre ma bouche à la manière d'un masque chirurgical. Je me vengeai en affirmant qu'il avait exprimé le désir de devenir danseur. « Ça c'est rien, annonça-t-il à la foule assemblée, regardez plutôt ce que j'ai trouvé sur le lit de David ! » Il sortit de la poche de son short de tennis une feuille de cahier sur laquelle étaient écrits les mots J'AIME LES GARÇONS. Présenté comme un acte d'accusation, le document était à la fois pathétique et comique. Étais-je censé avoir écrit ce message pour ne pas l'oublier ? Avais-je eu l'intention de me le coller dans le dos, divulguant mon penchant, en vue de la prochaine fois où l'autocar nous emmènerait sur un nouveau site sexuel très chaud.

J'AIME LES GARÇONS. Il brandissait le bout de papier au-dessus de sa tête, décrivant lentement un cercle de manière que tout le monde puisse voir. J'imagine qu'il avait eu initialement l'intention de disposer le papier sur mon lit pour que l'un des moniteurs tombe dessus. Le fait qu'il présentât lui-même le papier diminuait l'effet escompté. Plutôt que de me frapper avec des bâtons et de lourdes grolles, les autres garçons se contentèrent de grogner et regardèrent ailleurs, se demandant pourquoi il avait ramassé ce truc et l'avait trimballé dans la poche de son pantalon. Il aurait aussi bien pu brandir une crotte luisante en hurlant : « Regardez ce qu'il a fait ! » Toucher un document aussi infect faisait de lui quelqu'un de suspect et de coupable par association. En tâchant de nous discréditer mutuellement on ne fit que s'aliéner davantage.

Jason – même son nom paraissait affecté. Pendant les repas, je le scrutais depuis l'autre bout de la pièce. Moi j'étais là, à suer au-dessus de mon assiette, l'estomac noué et perclus de crampes, alors que pourtant c'était *lui*, le sac à merde. Incontestablement, il m'avait piégé, m'avait jeté un sort ou avait versé je ne sais quel poison dans ma nourriture. Je le vis qui sympathisait avec Theodora, une fille dont il tint la main durant la projection d'*Un détective à la dynamite*, un des nanars que le chef des moniteurs avait proposé comme film de la semaine.

Elle n'était pas méchante, Theodora. Un beau jour, les médecins trouveraient peut-être un moyen de greffer une cervelle de veau dans un crâne humain, alors elle serait aussi vive et intelligente que lui. Je tâchai moi aussi de me trouver une petite amie, mais celle qui faisait une candidate possible fut renvoyée chez elle après avoir dégringolé les marches du Parthénon, endommageant sérieusement sa prothèse de jambe.

Jason était assez convaincant en compagnie de sa petite amie. Ils crapahutaient parmi les ruines, se prenaient en photo pendant que moi je restais en retrait, furibard, à les regarder se blottir l'un contre l'autre et roucouler. Ma jalousie provenait de ma conviction qu'il avait été guéri. Une poignée de ma chair et tous les symptômes de sa maladie avaient disparu.

Le camp de vacances s'acheva et je repris l'avion, jambes croisées, laissant tomber mon sac de souvenirs volés pour me précipiter aux W-C où je passai les jours suivants assis sur le trône à étudier mon visage dans une glace à main. *J'aime les garçons*. Les mots avaient laissé leur empreinte sur les traits de mon visage. J'étais désormais un professionnel, et cela était visible.

Je repris mon activité bénévole à l'hôpital psychiatrique, muni d'âpres cigarettes grecques qui me servirent de petit bonus pour amadouer certains patients parmi les plus difficiles.

« Pédale ! s'écria une femme, se recroquevillant pour protéger sa collection de pommes de pin. Enlève tes pattes de pédé de mes émetteurs radio. »

« Ne t'en fais pas pour Mary Elizabeth, me dit l'infirmière. Elle est folle. »

Peut-être pas, songeai-je, en mettant une pomme de pin à la hauteur de mon oreille. Elle avait vu juste pour ce qui concernait le côté pédale, alors peut-être ne se trompait-elle pas pour le reste.

Lorsqu'on monta dans l'avion au départ de l'aéroport Kennedy à destination de Raleigh, Lisa réarrangea ses cheveux, laissa tomber son accent et se tourna vers moi pour me dire : « J'ai trouvé ça très chouette, pas toi ? » En l'espace de cinq minutes, elle s'était débarrassée de toute trace de sa farouche personnalité européenne. Pourquoi ne pouvais-je pas en faire autant ?

Fin août, mon emploi du temps arriva : je resterais dans le même lycée. Il y avait eu des violences dans d'autres villes et d'autres comtés, des ennuis jusqu'à Boston ; mais à Raleigh la transition s'était faite sans heurt. Non seulement des élèves mais aussi de nombreux professeurs avaient été déplacés d'un établissement à un autre. Mon nouveau professeur de sciences était noir, expert dans l'art de traverser la classe d'une démarche de chochotte, singeant toutes sortes de gens, d'Albert Einstein à l'animateur un peu naze d'une émission populaire de télévision pour enfants. Noirs et blancs, les professeurs offraient en pâture leur ridicule en guise de rameau d'olivier. « Tenez, disaient-ils, c'est quelque chose que nous avons tous en commun, la preuve que, indépendamment de la couleur de peau, nous sommes tous frères. »

Plat du jour

C'est son anniversaire, Hugh et moi sommes assis dans un restaurant à New York, en attendant l'arrivée de nos plats de résistance formulés en quinze mots. Il est très élégant, vêtu d'un costume et d'un pull-over qui ont toujours été à lui. Quant à moi, seuls les chaussures, le pantalon, la chemise et la cravate m'appartiennent. La veste est au restaurant et m'a été prêtée par le maître d'hôtel, qui a apparemment pensé que je me sentirais plus à mon aise habillé en chef de la fanfare du lycée.

Je suis en train de martyriser les galons dorés qui décorent mes manches au moment où le serveur nous présente ce qu'il appelle « un petit quelque chose pour amuser la *palette** ». En gros de la taille et de la couleur d'un pansement, l'amusement flotte sur une mince mare boueuse de sauce, orné d'un brin de verdure.

« Et alors ça, c'est… quoi, exactement ? demande Hugh.

– Ceci, annonce le serveur, est notre espadon cru de l'Atlantique servi dans une sauce au chocolat noir et garni de menthe fraîche.

– Encore ? dis-je. Les gars, vous ne pourriez pas trouver quelque chose d'un peu moins banal ?

* En français dans le texte. *(N.d.T.)*

– J'aime beaucoup votre veste », susurre le serveur.

En règle générale, ça ne m'emballe pas trop de manger au restaurant à New York. Il est difficile d'aimer un endroit qui a banni la cigarette mais considère tout à fait acceptable de servir du poisson cru dans un bain de chocolat. Les restaurants normaux ont disparu, du moins dans notre quartier. Les gargotes ont toutes été remplacées par de petits bistrots prétentieux s'enorgueillissant d'une carte américaine. Ils qualifient ces mets de « traditionnels », cependant ce sont rarement les plats dont moi je me souviens. Le club sandwich a été écarté au profit des médaillons de cœurs de bébés artichauts en croûte d'herbe, qui jamais ne m'inspirent une réflexion du type : « Ah, oui, justement, tiens ! Je me demande s'ils sont aussi bons que ceux de ma mère. »

Le problème est en partie lié au fait que nous habitons le mauvais quartier de la ville. SoHo n'est pas l'endroit idéal pour trouver de la salade de macaronis. Les jeunes talents les plus brillants y accourent du monde entier pour braiser des grillades caramélisées d'oiseaux chanteurs nourris au grain, ou proposer leur célèbre filet de marigane saisi, servi avec un collier de gingembre furax, acculé par une tribu de champignons chiliens vénéneux cuits au four, relevés d'une pulvérisation chaude d'huile de musc clarifiée. Même quand ils promettent quelque chose de simple, il faut qu'ils en rajoutent – le pain de viande a été poché dans l'eau de mer, ou alors il y a des figues dans la salade de thon. Si cuisiner est un art, je pense que nous en sommes à notre phase dadaïste.

Je ne me suis jamais considéré comme quelqu'un de difficile pour la nourriture, mais c'est dur de rester beau joueur quand chaque plat semble comporter pas moins d'une douzaine d'ingrédients, parmi lesquels fatalement un me déplaira. Je commanderais bien le steak avec la farandole de pêches à l'étouffée, mais la sauce à l'aspirine me rebute. Les pétoncles me tentent jusqu'à ce que j'apprenne qu'ils sont servis dans un bouillon de bière aux noyaux de litchis momifiés. Ce dont j'ai vraiment envie, c'est d'une cigarette, et je scrute systématiquement le menu en espérant qu'un jeune chef courageux aura enfin décidé de considérer le tabac comme un légume. Cuisez-le-moi, faites-le-moi à la vapeur, au gril, ou fourrez-le-moi dans des palourdes du Pacifique, mais j'ai juste besoin de quelque chose de familier à quoi me raccrocher.

Quand le serveur apporte nos plats de résistance, j'ignore laquelle des deux assiettes peut être la mienne. Dans les restaurants du temps jadis, il était possible à la fois de visualiser et de reconnaître votre plat. Il y avait toujours de subtiles différences, mais dans l'ensemble, une côtelette d'agneau avait tendance à conserver sa forme initiale. Autrement dit, elle ressemblait à une côtelette. Composée d'un os et d'une larme de viande ceinte d'une fine couche de gras. Apparemment, ça, c'était trop prévisible. Allez donc commander une côtelette d'agneau moderne, il y a de fortes chances qu'elle ressemble au pompaneau entravé que votre compagnon a commandé. La nourriture actuelle est toujours présentée sous forme de tour verticale insensée. Finie, l'époque où elle était disposée à l'horizontale, elle s'élance désormais vers le ciel, à l'image des buildings qui bordent les rues de notre ville. Comme si les assiettes étaient des parcelles de terrain d'une grande valeur, et que le chef avait acheté une petite surface au sol avec droit de superposition illimité. Les linguinis au safran de Hugh ressemblent à un turban miniature recouvert d'architecturales flèches de crevettes. Ils s'élancent au milieu tandis que le reste de la vaste assiette vide paraît avoir été loué pour servir éventuellement de parking. Moi j'avais commandé un steak qui, cédant à la même mode minimaliste, est servi sans l'os, les fines tranches de bœuf étant empilées afin d'imiter un bûcher. Les pommes de terre que j'attendais ont été manifestement soit clarifiées pour n'être plus qu'essence de pomme de terre soit utilisées pour entretenir le feu sous le gril.

« Elles sont peut-être à l'intérieur de la tour de viande », dit Hugh.

Voilà à quoi nous en sommes réduits. Hugh souffle le pollen de yucca sur sa crevette au noir, tandis que je retrousse les manches de ma veste d'emprunt et entreprends des fouilles dans mon château de viande en quête des pommes de terre promises.

« Les voilà, juste là. » Hugh se sert de sa fourchette pour indiquer ce qui pourrait facilement être pris pour des molaires criblées de caries. Les taches sombres sont sans doute mes patates.

Comme je suis à la fois un glouton et un masochiste, ma complainte habituelle : « Qu'est-ce que c'était mauvais », est toujours suivie de : « Et puis vraiment pas copieux ! »

On nous enlève nos assiettes et la carte des desserts nous est présentée. J'apprends que le jambon épicé n'est plus considéré seulement comme de la viande de porc en conserve et que même d'anciens numéros du *Smithsonian* peuvent être transformés en sorbets.

« Ça, je ne pourrai pas, dis-je au serveur lorsqu'il me conseille le couscous au chocolat blanc et à la framboise de Logan sauvage.

– Si c'est une question de calories, je peux demander au chef qu'il vous le serve sans crème fraîche.

– Non, dis-je. Vraiment, je ne pourrai pas, c'est tout. »

Nous demandons l'addition, en expliquant que nous avons une séance de cinéma juste après. Le cinéma n'est qu'à dix minutes à pied, mais je suis pressé parce que j'aimerais bien grignoter quelque chose avant le début du film. Il y a des tonnes de victuailles au snack du cinéma, mais mélanger viande et films, je ne suis pas pour. Heureusement il y a un stand de hot dogs qui ne nous oblige pas à un trop grand détour.

Les amis disent toujours : « Comment peux-tu manger ces trucs-là ? J'ai lu dans le journal qu'ils étaient faits à partir de babines de cochon.

– Et… ?

– Et de cœurs et de paupières. »

Cela, que je sache, ne fait que trois ingrédients, et constitue une dégringolade bien apaisante. Je commande le mien avec juste de la moutarde, et je suis aux anges en regardant le vendeur me présenter le hot dog en position horizontale. Si simple et intemporel que j'arrive à l'identifier, immédiatement, comme de la nourriture.

Journal d'un fumeur

Je suis allé à vélo jusqu'au lac à bateaux de Central Park, où j'ai acheté un café, puis je me suis assis sur un banc pour lire. J'ai allumé une cigarette et je passais un moment agréable lorsque la femme assise à quatre mètres de moi, à l'autre bout du banc, a commencé à agiter les mains devant son visage. J'ai cru qu'elle chassait une abeille.

Elle a pesté dans le vide puis a lancé : « Excusez-moi, ça vous ennuie si nous décidons que ce banc est non-fumeurs ? »

Je ne sais pas par où commencer avec une telle déclaration : « Excusez-moi, ça vous ennuie si *nous* décidons que ce banc est non-fumeurs ? » Il n'y a pas de « nous ». Nos votes s'annulent automatiquement. Ce qu'elle voulait dire, c'était : « Ça vous ennuie si *je* décide que ce banc est non-fumeurs ? » J'aurais pu comprendre si nous avions été dans un ascenseur ou alors enfermés ensemble dans le coffre d'une voiture, mais là nous étions en plein air. Pour qui se prenait-elle ? Cette femme portait une paire de sandales, or les sandales sont systématiquement annonciatrices d'embrouilles. Le genre de nu-pieds que Moïse aurait pu porter lorsqu'il sculptait ses lois sur ses tables de pierre. J'ai regardé ses sandales et ses bras qui gesticulaient et j'ai écrasé ma cigarette. J'ai fait comme si ça ne posait aucun problème, puis j'ai regardé fixement les pages de mon livre, tout en les détestant tous les deux – elle et Moïse.

L'ennui avec les non-fumeurs agressifs c'est qu'ils ont le sentiment de vous rendre service en ne vous autorisant pas à fumer. On dirait qu'ils sont persuadés qu'un jour, en y repensant, vous les remercierez pour ces quinze secondes précieuses qu'ils viennent d'ajouter à votre vie. Ce qui leur échappe, c'est que ça fera juste quinze secondes en plus que vous passerez à leur en vouloir et à ruminer une vengeance.

Mon assurance expire dans quelques semaines, j'ai donc pris rendez-vous pour un bilan de santé. C'est la seule prestation qu'ils acceptent de rembourser, toutes mes autres requêtes ayant été refusées, car considérées comme « esthétiques ».

Si vous voulez une transplantation rénale, ça, ils remboursent, mais si vous avez désespérément besoin d'implants capillaires, alors là, c'est « esthétique ». Allez savoir.

J'ai poireauté vingt minutes dans la salle d'examen, sans trop oser farfouiller car, de temps en temps, une infirmière ou un patient déconcerté ouvrait la porte et venait pointer le nez dans la pièce. Ce n'est déjà pas terrible de se faire surprendre en slip, mais c'est bien pire de se faire surprendre en slip en train d'arracher une ordonnance de Valium de la feuille de soins de quelqu'un d'autre.

Lorsque le docteur est finalement entré, il a consulté ma fiche de renseignements et s'est exclamé : « Hé, nous avons presque exactement la même date de naissance. Je suis plus jeune que vous d'un jour ! »

Excellent pour mon moral. Je n'avais jamais imaginé que mon médecin pourrait être plus jeune que moi. Ça ne m'avait jamais effleuré.

Il a commencé par me poser quelques questions préliminaires, puis a demandé : « Est-ce que vous fumez ?

– Uniquement des cigarettes et de l'herbe », ai-je répondu.

Il m'a regardé d'un drôle d'air. « *Uniquement* des cigarettes et de l'herbe ? Uniquement ?

– Pas de crack, ai-je dit. Jamais touché à ça. Les cigares non plus. Sale manie, c'est mauvais. »

J'étais au travail, je dégivrais un congélateur chez quelqu'un quand j'ai entendu le rapport de l'Agence pour la protection de l'environnement concernant le tabagisme passif. C'était à la radio, et ils l'ont repassé en boucle. Ce rapport m'a inspiré une réflexion analogue à celle que les rapports antérieurs de l'APE avaient dû inspirer aux fabricants automobiles et aux propriétaires d'usines chimiques : c'était réactionnaire et injuste. Les fumeurs sont accusés, notamment les parents fumeurs, d'insouciance criminelle, comme si c'étaient des gens qui laissaient traîner des pistolets chargés sur les tables basses, à côté de rasoirs et de tasses de benzène.

À Noël, nous piochions dans des boîtes remplies de photos de famille et jouions au jeu baptisé « Trouve maman, trouve les cigarettes de maman ». Il y en a une sur chaque photo. Nous avons des photos d'elle enceinte penchée au-dessus d'une allumette enflammée, et d'autres où elle pose avec ses enfants en bas âge, la fumée formant un halo au-dessus de nos têtes. Ces photos nous faisaient chaud au cœur.

Elle fumait dans la baignoire, où nous retrouvions ses mégots trempés, joliment alignés à côté de la bouteille de shampooing. Elle fumait pendant les repas, et utilisait souvent son assiette à moitié vide comme cendrier. La théorie de maman était qu'à partir du moment où on préparait à manger et où on faisait la vaisselle, on avait le droit d'utiliser son assiette comme on l'entendait. Cela nous paraissait logique.

Même après qu'on lui eut diagnostiqué un cancer, elle continua de fumer, quoique moins souvent. Lors de son dernier trajet à l'hôpital, atteinte alors de pneumonie, elle annonça à mon père qu'elle avait oublié quelque chose à la maison et lui fit faire demi-tour. Et là, debout au comptoir de la cuisine, elle savoura ce qu'elle savait être sa dernière cigarette. J'espère qu'elle l'a appréciée.

Jamais l'idée que maman arrêterait de fumer ne nous était venue à l'esprit. L'imaginer sans cigarette c'était comme essayer de la visualiser sur des skis nautiques. Il appartient à chacun de choisir sa propre qualité de vie et de prendre du plaisir là où il le trouve, tout en sachant que, comme maman disait toujours : « Tôt ou tard, on se fera bien cueillir par quelque chose. »

Moi, je me suis fait cueillir en rentrant à la maison, au moment où Hugh m'a livré sa conclusion personnelle du rapport de l'Agence pour la protection de l'environnement. Il m'a annoncé que je n'avais plus le droit de fumer dans une pièce s'il y était. Notre appartement est exigu – quatre pièces minuscules.

Je lui ai répondu que, dans la mesure où je payais la moitié du loyer, il était juste que j'aie le droit de fumer la moitié du temps quand nous étions dans une même pièce. Il a accepté, à condition que, chaque fois que j'allume une cigarette, toutes les fenêtres soient ouvertes.

Il fait froid dehors.

Cassenoisette.com

C'était le rêve de mon père : un beau jour tous les habitants du monde seraient connectés les uns aux autres par un réseau d'ordinateurs mahous, gros comme des réfrigérateurs, assez semblables à ceux qu'il contribuait à développer chez IBM. Il imaginait les familles du futur rassemblées autour de leurs énormes terminaux, faisant leurs courses et payant leurs impôts confortablement assis à la maison. Les gens pourraient composer de la musique, concevoir une niche à chien, et… encore plus, encore mieux. « Une personne pourrait… pourrait… »

Lorsqu'il prédisait cette utopie, il finissait par arriver au point où les mots lui manquaient. Ses yeux s'écarquillaient et scintillaient à la perspective de cet *encore plus* indescriptible. « Je veux dire, mon Dieu, s'exclamait-il, rendez-vous compte. »

Mes sœurs et moi préférions ne pas nous rendre compte. Elles, je ne sais pas, mais moi j'espérais que quelque chose de plus intéressant pourrait unir les gens, comme les drogues, ou une lutte armée contre les zombies. Malheureusement l'équipe de mon père a gagné, donc nous voilà avec les ordinateurs. Mon seul regret est qu'il ait fallu que cela arrive de mon vivant.

Quelque part dans un recoin de mon esprit, je me revois vaguement faire la queue, une carte perforée à la main. Je me rappelle le sentiment mesquin, un peu froid que cela m'inspirait et je me souviens d'avoir pensé que l'ordinateur n'irait jamais beaucoup plus loin que ça. Vous pouvez me traiter de naïf, mais il semble que j'ai sous-estimé le désir universel de s'asseoir sur un siège en plastique dur et de fixer un écran jusqu'à en loucher. Mon père l'a vu venir, lui ; mais moi, c'est un avenir qui m'a pris de court. Il n'y avait pas d'ordinateurs dans mon lycée, et les deux premières fois que j'ai essayé d'entrer à l'université, les gens comptaient encore sur leurs doigts et ôtaient leurs chaussures quand ils dépassaient dix. Ce n'est qu'au milieu des années 1980 que les ordinateurs sont arrivés jusqu'à moi. Allez savoir pourquoi, je connaissais un certain nombre de graphistes dont les domiciles et les bureaux empestaient le doux parfum de la colle Spray Mount. Leurs sols étaient toujours jonchés de collages composés de bouts de papiers épars, et des mouches prises au piège s'agitaient pour qu'on vienne les secourir des champs de la mort caoutchouteux qu'étaient les bureaux. J'avais toujours compté sur ces amis pour me prêter le ruban adhésif de mon choix, mais là, du jour au lendemain, leurs rouleaux de Scotch et leur colle extraforte avaient disparu, remplacés par d'inodores ordinateurs et de spongieux tapis de souris. Il ne leur restait plus rien que j'avais envie d'emprunter, aussi les laissai-je tomber pour rejoindre un groupe d'imprimeurs qui, au final, me trahirent eux aussi.

Grâce à mon absence totale d'habileté bureautique, j'ai trouvé relativement facile d'éviter le contact direct avec la nouvelle technologie. Le contact indirect était déjà bien assez dérangeant. J'habitais encore à Chicago lorsque j'ai commencé à recevoir d'épouvantables lettres de Noël conçues comme des tabloïds ou des rapports annuels d'activité. Le traitement de texte faisait de l'écriture quelque chose d'amusant. Cependant il ne rendait pas nécessairement la lecture amusante. *The Herald Family Tribune* et la *Gazette des Wexler* en étaient la pénible preuve.

Des amis qui ne s'étaient absolument pas intéressés à ça jusque-là se mirent à me torturer avec des lettres qui ressemblaient aux menus à emporter des restaurants chinois et aux manuscrits de la mer Morte. Chacun avait sa police de caractère, et on me dit que moi aussi il fallait que je m'en trouve une. Les auteurs de ces lettres avaient le même enthousiasme que les gens qui arrivent aujourd'hui à des dîners bardés de nouvelles caméras coûteuses en proposant qu'après le dessert on s'installe tous sur le canapé pour se repasser la soirée à la télé. Nous, les êtres lambda, avions désormais accès aux outils de la production audiovisuelle. Pourtant je trouvais qu'il n'y avait pas de quoi en faire tout un plat. Vous aurez beau la présenter comme vous voudrez, une lettre gnangnan demeurera une lettre gnangnan ; et si les gens ordinaires ne passent pas à la télé, il y a une raison : nous sommes ennuyeux.

Au début des années 1990, j'habitais à New York et je travaillais pour une société de nettoyage à domicile. Mon travail m'a appris qu'en dépit des vertus qu'on attribue aux ordinateurs, c'est la croix et la bannière à nettoyer, ces machins. Le plastique grumeleux est un aimant à graisse et à poussière, et ce n'est quasiment pas la peine d'essayer de récurer les interstices du clavier. Plus d'une fois, j'ai appuyé accidentellement sur une touche et je me suis recroquevillé, terrorisé, tandis que l'écran noir s'animait, peuplé d'exotiques poissons tropicaux ou d'essaims de grille-pain volants. Tout aussi lamentable était la manière dont les gens utilisaient les toits inclinés de leurs terminaux pour exposer des photographies encadrées et d'immenses populations de créatures en peluche ou en plastique, qui tombaient derrière le bureau dès que je commençais à nettoyer l'écran. Il n'y avait jamais la place pour brancher l'aspirateur, car toutes les prises étaient occupées par un membre ou un autre de la famille Ordinateur. Les fils pullulaient et tout le monde possédait ces multiprises menaçantes de trente centimètres de long avec une loupiote rouge clignotante dont émanait le message LAISSEZ-NOUS TRANQUILLES. Je n'étais que trop content d'obtempérer, et les plaintes furent légion.

En raison de mon aversion générale pour les machines et de quelques hurlements mémorables, je fus étiqueté technophobe, terme qui chez moi n'est pas particulièrement bien classé sur l'échelle des mots qui fâchent. Le mot *phobique* est recevable lorsqu'il est utilisé à bon escient, mais il a été galvaudé par l'acharnement pontifiant qui tend à faire passer toute animosité pour de la peur plutôt que de la détestation. Et on ne s'attire guère les honneurs lorsqu'on tâche de faire la distinction entre ces deux émotions bien différentes. J'ai peur des serpents. Je déteste les ordinateurs. Ma haine est profondément ancrée et je la nourris au quotidien. Je l'assume bien volontiers et aucun programme d'initiation à l'informatique ne me fera changer d'avis.

Je déteste les ordinateurs car des pages spéciales leur sont maintenant consacrées dans le *New York Times* et ils augmentent la durée des publicités avec l'incontournable mention des adresses de sites web. Qui tient vraiment à en savoir davantage sur Procter & Gamble ?

Contentez-vous d'acheter le dentifrice ou le détergent, ce sera déjà pas mal. Je les déteste car ils ont créé le terme *org* et je les déteste à cause des *courriels*, qui ne sont pas véritablement du courrier, mais une variante des petits mots débiles qui circulaient en classe. Je déteste les ordinateurs parce qu'ils ont remplacé les fiches bristol de la bibliothèque publique de New York, et je déteste la manière dont ils ont envahi les films. Je ne parle pas de leur contribution au monde des effets spéciaux. Je n'ai rien contre un mutant bien net à l'écran ou une invasion d'extraterrestres grandeur nature – ça, c'est de la *bonne* technologie. Non, je parle de leur présence dans *n'importe* quel film. Les ordinateurs, c'est comme les chevaux dans les westerns : ce n'est pas le sujet principal, mais tout le monde en a un. Le moindre film à suspense se doit d'inclure une scène laborieuse où le héros, pris au piège par un quelconque ennemi, se précipite à son bureau pour se livrer à une course désespérée contre la montre. La musique va *crescendo* et des gouttelettes de sueur tombent sur le clavier tandis qu'il est assis devant son ordinateur, tapant frénétiquement en quête d'une réponse. Ce serait autre chose s'il faisait signe à une voiture de s'arrêter d'urgence ou s'il essayait de téléphoner pour qu'on vienne à sa rescousse. La dactylographie n'a jamais été en soi une activité formidablement dramatique.

Je déteste les ordinateurs pour toutes sortes de raisons, mais je les méprise surtout pour ce qu'ils ont fait à mon amie la machine à écrire. Dans un pays démocratique, on aurait pu penser qu'il y aurait de la place pour les deux, mais les ordinateurs ne seront pas tranquilles tant que je ne me ferai pas mes propres rubans à partir de chemises déchirées et que je ne brasserai pas mon propre correcteur blanc dans ma baignoire. Leur but est de reléguer mon IBM Selectric II à côté de la plume d'oie et du burin dans les musées. Ils sont avides de pouvoir, et il faut que quelqu'un les arrête.

Lorsqu'on me dit que je suis comme le type qui se languit des bandes huit pistes, je réponds : « Tu as un huit-pistes ? Où ça ? » En réalité, je n'y connais rien, cependant j'estime qu'il est important d'exprimer une certaine solidarité avec d'autres qui ont été fauchés dans leur élan. Je me fiche de ne pas pouvoir compter les mots ou réarranger les paragraphes en appuyant simplement sur une touche, je ne veux pas d'ordinateur. Contrairement aux légères saccades provoquées par les doigts pianotant sur un clavier en plastique, le bruit sec et sonore d'une machine à écrire laisse entendre que vous êtes véritablement en train de bâtir quelque chose. À la fin d'une journée lamentable, au lieu de me morfondre sur mon néant virtuel, je peux toujours regarder ma corbeille à papier remplie et me dire que si j'ai échoué, au moins, j'ai emporté un ou deux arbres dans ma chute.

Lorsque je suis obligé de partir de chez moi pour une longue période, j'emporte ma machine à écrire, et ensemble nous endurons la pénible épreuve du passage aux rayons X. Les ordinateurs portables glissent allègrement sur le tapis roulant, mais moi, on me demande de me mettre sur le côté et d'ouvrir mon sac. Je pensais trimballer un objet plutôt commun, mais la popularité déclinante de la machine à écrire attire les soupçons et je finis par susciter le genre de réaction attendue lorsqu'on voyage avec un canon.

« C'est une machine à écrire, dis-je. On s'en sert pour écrire des lettres pleines de colère aux aéroports. »

Les touches sont ensuite giflées et enfoncées, et je me vois alors dans l'obligation d'expliquer que si l'on veut que les mots apparaissent, il faut d'abord la brancher et y insérer une feuille de papier.

Les béotiens secouent la tête et me disent que je ferais mieux d'utiliser un ordinateur. Voilà leur boulot, poireauter dans un uniforme mal seyant, et vous expliquer comment vous devriez gérer votre vie ? J'ai droit à la même rengaine plus tard dans la soirée lorsque le garçon d'étage vient frapper à la porte de ma chambre d'hôtel. Les voisins, dont j'entends la télévision à travers la cloison, se sont plaints que je tape à la machine. Il vient me demander d'arrêter. À le voir, on croirait que je jouais de la timbale. En réalité, la machine à écrire ne fait pas autant de bruit qu'on le prétend, mais il ne sert à rien de discuter avec lui. « Vous savez, dit-il, vous devriez vraiment utiliser un ordinateur. »

Il y a de quoi se demander à quel moment vous vous êtes trompé lorsque, deux fois le même jour, vous avez droit aux conseils d'hommes coiffés de drôles de chapeaux. Plus on me met la pression pour que j'achète un ordinateur, plus je résiste. Les uns après les autres, tous mes amis m'ont abandonné et sont passés du côté obscur. « Comment puis-je t'écrire si tu n'as pas d'e-mail ? » se plaignent-ils. Ils parlent de leurs arborescences et de leurs antivirus, et ensuite ils ont le culot de se plaindre quand moi je parle d'occlusion intestinale pendant le dîner.

Qui en a besoin ? me dis-je. Je pensais que ma famille resterait toujours de mon côté, aussi n'en suis-je pas revenu quand ma sœur Amy a rapporté à la maison un ordinateur portable rose bonbon. « Je ne m'en sers que pour les e-mails », a-t-elle dit. Venant d'elle, ces mots m'ont rendu littéralement malade. « C'est amusant, David. Les gens t'envoient des trucs. Regarde ça. » Elle a appuyé sur une touche, et là, à l'écran, il y avait un homme nu allongé à plat ventre sur un tapis. Il avait les cheveux grisonnants et les mains menottées dans son dos graisseux. Une femme est entrée dans la pièce. On ne voyait pas son visage, uniquement ses jambes et ses pieds, qui étaient imposants, patibulaires et débordaient de chaussures à bouts pointus et talons aiguilles fins comme des mines de crayon. L'homme a changé de position, et lorsque ses testicules sont apparus, la femme a réagi comme si elle venait de voir une vieille souris chauve qu'elle voulait tuer depuis longtemps. Elle a piétiné les testicules de l'homme de la pointe de ses chaussures, puis elle a fait volte-face et les a écrasés avec ses talons. Elle y est allée à coups de pied impitoyables et quand j'ai cru qu'elle en avait fini, elle a trouvé un second souffle et a remis ça.

Je n'avais jamais songé qu'un ordinateur pourrait à ce point ressembler à un téléviseur. Personne ne m'avait dit que les images pouvaient être si nettes, les cris de douleur si distincts. Voilà, me suis-je dit, ce que mon père avait imaginé jadis, lorsque les mots lui avaient manqué, pas nécessairement cette scène, mais quelque chose capable de provoquer un tel émerveillement.

« Encore ? » Amy a appuyé sur la touche et, nos visages baignés dans la luminescence de l'écran, nous avons regardé l'avenir une deuxième fois.

Tout le monde m'aime

Je suis passé à la télé chez Oprah il y a quelque temps pour parler de l'époque où j'aimais trop. Vous m'avez vu ? Les autres invités étaient des hommes qui continuent de trop aimer. Ces hommes se trouvaient au point où j'avais été naguère, et j'en étais désolé pour eux, moi l'invité qui avait trop aimé devenu celui que maintenant *on* aimait trop. Tout le monde m'aime. Je suis la personne qui compte le plus dans la vie de presque tous ceux que je connais et de beaucoup de gens que je n'ai même jamais rencontrés. Je ne dis pas cela à la légère ; je me contente d'indiquer ma compétence.

Comme les deux camps n'ont pas de secret pour moi, on me sollicite constamment pour des conseils. Les gens veulent savoir comment je m'y suis pris. Ils veulent savoir si je peux leur conseiller un psy. Combien ça coûtera, combien de temps ça prendra pour s'en remettre. Lorsqu'on me pose la question, je dis aux gens, comme je vous le dis, que je ne suis jamais allé chez un psy de ma vie. Je résous les choses par moi-même. Je ne considère pas cela comme un grand exploit. Je me suis contenté d'observer les schémas qui se reproduisaient dans ma vie, j'ai décidé que ça ne me plaisait pas, et j'ai changé. La seule raison pour laquelle j'ai répondu présent chez Oprah c'est que j'ai estimé qu'un peu de classe et d'élégance ne ferait pas de mal à son émission. Oprah est une fille marrante, ce que jamais on ne devinerait en regardant son émission, ce défilé de poivrots et de branquignols manchots. Et bien sûr, si j'y suis allé, c'est par pur altruisme. Dès que je peux rendre service…

Durant mon enfance, mes parents étaient tellement absorbés par leurs propres histoires que j'ai eu bien peu d'amour et d'attention. Du coup, je puisais la vie chez tous les gens que je rencontrais. Je faisais fuir mes nouveaux petits copains dès le premier soir en leur disant que cette fois-ci, c'était *la bonne*, l'expérience amoureuse que j'avais tant attendue. Je tirais des plans sur la comète, planifiais notre avenir. Tout ce que nous faisions ensemble prenait un sens pour moi et laissait un souvenir lumineux dans ma mémoire. Au deuxième rendez-vous, j'arrivais chez le petit copain avec une valise et quelques meubles. Ça lui éviterait d'embaucher toute une équipe de déménageurs quand j'emménagerais pour de bon. Lorsque lesdits petits copains s'effrayaient et battaient en retraite, j'engageais des détectives privés pour les faire suivre. J'avais besoin de savoir qu'ils ne me trompaient pas. J'aimais tellement les mecs avec qui je sortais que j'en devenais obsédé. Je m'habillais comme eux, pensais comme eux, j'écoutais les disques qui leur plaisaient. Bref, j'oubliais de penser à moi !

J'ai finalement discuté avec mes parents, qui m'ont dit, en gros, que s'ils étaient à ce point absorbés par leurs propres histoires, c'est qu'ils craignaient que je ne les rejette. Ils souffraient, ils étaient extrêmement vulnérables. Ils avaient toujours été persuadés que j'avais quelque chose en plus, que je finirais par devenir une grande vedette que le monde entier se disputerait, pas seulement eux. Et ils avaient raison. Je ne peux pas leur en vouloir. Alors j'ai changé de vie et j'ai poursuivi mon chemin.

Vous avez vu l'émission ? Chuck Connors et Cyrus Vance, à mon avis, faisaient juste une apparition pour relancer leurs carrières en capilotade. Mais pas Patrick Buchanan. La vache, moi qui pensais être mal loti ! Patrick Buchanan a toujours fait fuir tous ses petits amis, et ça continue. Patrick est un grand chouineur. Il a réussi à me mettre le grappin dessus et, depuis l'émission, il n'a pas arrêté de m'appeler et de pleurer. Son truc, c'est fondre en larmes et menacer de se suicider si je ne l'écoute pas. Affectivement, ce type est complètement bloqué, mais les autres invités n'ont pas paru bien placés pour s'exprimer sur le sujet. E. G. Marshall, par exemple, a raconté qu'il passait en voiture devant la maison de son ex et l'appelait en pleine nuit uniquement pour entendre sa voix. Chuck Connors a confié qu'avant il couvrait ses petits amis de cadeaux coûteux. Il essayait d'acheter leur amour. Chuck Connors ne reconnaîtrait pas l'amour même si c'était sa propre main, et E. G. Marshall si c'étaient ses deux mains, l'une occupée à farfouiller sous sa ceinture, l'autre à s'étrangler délicatement.

Je suis dans le magazine *People* de cette semaine, mais pas en couverture. C'est Bruce Springsteen qui est sur la couverture avec Machine, là, sa nouvelle femme à face de raie, Patty Scholastica ou Scoliose – quelque chose dans le genre. Dans l'article, elle parle de Bruce en disant « le Boss » et évoque ce qu'elle appelle son « côté intime ».

Si elle appelle Bruce « le Boss », je peux vous garantir qu'elle ne connaît strictement rien à son « côté intime ».

Le Boss, c'était moi, à l'époque où Bruce et moi étions ensemble. Je devrais peut-être passer un coup de fil à cette Patty, et lui conseiller d'y aller franco avec Bruce. Je pourrais lui donner quelques tuyaux et tirer au clair cette histoire de « Boss » une bonne fois pour toutes. Lui raconter que Bruce rampait à plat ventre et suppliait pour qu'on officialise notre amour, et comment il s'est comporté quand je l'ai largué. J'avais dit : « À quoi bon être multimillionnaire si c'est pour te balader sapé comme un soudeur de seconde zone à Tuyaux & Chaudières, USA ? » Bruce prétend garder le contact avec « les siens », ce qui est admirable en théorie, mais grotesque lorsqu'on considère que « les siens » consomment autant d'essence que de bière américaine ou de traitements contre l'acné.

Bruce l'a mal pris et, par dépit, s'est précipité sur les premières bonnes femmes qui se présentaient. Je me souviens d'avoir croisé par hasard sa dernière épouse, le mannequin, à une soirée. Il y avait elle, moi, Morley Safer et Waylon Jennings. Nous attendions l'ascenseur, et elle racontait à Waylon que Bruce venait juste de verser une somme à sept chiffres à une œuvre caritative, et j'ai dit : « Bruce peut bien donner autant qu'il veut à des œuvres de bienfaisance, moi je dis que c'est quand même un des types les plus radins que j'aie jamais connus. » Ça lui est complètement passé au-dessus, mais Morley savait très bien de quoi je parlais et nous avons échangé un sourire.

Je suis dans le magazine *People* de cette semaine, à afficher mon amour avec Charlton Heston. Il y a des photos de moi en train de lui lancer un oreiller à la figure, nous faisons semblant d'être surpris au cours d'une prise de bec taquine. On comprend bien que lui et moi sommes capables d'honnêteté l'un vis-à-vis de l'autre, car à la page suivante je suis sur la pointe des pieds, je lui plante un gros bisou dans le cou, tandis que Burgess Meredith, Bobby Packwood et quelques autres vieilles folles applaudissent à l'arrière-plan. Ensuite je suis dans la cuisine à faire sauter des pancakes pour montrer que j'assure. Je marche dans la rue avec Charlton Heston, puis je regarde vers le large en enfonçant mes orteils nus dans le sable, dans le magazine *People* de cette semaine.

La presse est aux anges en apprenant ma relation avec Mike Tyson. Nous avons essayé de tenir cela secret, mais pour Mike et moi, il n'y a pas d'intimité possible. Primo parce qu'on fait vendre du papier, et secundo parce qu'on est vraiment très beaux tous les deux, d'une telle perfection que tout le monde veut des photos.

Charlton Heston et moi, c'est fini, et il souffre. Je peux le comprendre, mais je ne vais pas m'apitoyer. Ça faisait déjà un bon bout de temps qu'il me tapait sur le système, avant l'article dans *People*, avant l'émission de télé entièrement consacrée à notre couple, même avant ce téléthon. Charlton peut se montrer manipulateur et possessif. On dirait qu'il m'a fallu un certain temps pour me rendre compte que j'étais amoureux de l'*ancien* Charlton Heston, celui qui comparaissait devant le tribunal de justice des primates dans *La Planète des singes*. Celui qui se faisait arracher son pagne par le Dr Zaius et qui se tenait nu, intrépide. Quel cul superbe il avait, Charlton Heston, mais, comme tout le reste en ce qui le concerne, rien n'est plus comme avant.

Dans les journaux, Charlton pleurniche sur notre relation en disant que je lui ai fait du mal. S'il n'apprend pas à la boucler, Charlton va apprendre le vrai sens de l'expression *avoir mal*, j'en ai peur. Mike est actuellement très en colère contre Charlton – très, très en colère.

Je vous signale au passage que, certes, Mike Tyson me comble de cadeaux mais qu'il ne me paie *pas* pour ma compagnie. Les rumeurs prétendant le contraire me restent en travers de la gorge. Mike et moi sommes tous deux des hommes fortunés et populaires. Le public nous aime et nous nous aimons. Je n'ai pas davantage besoin de l'argent de Mike Tyson qu'il n'a besoin du mien. C'est un concept difficile à saisir pour beaucoup de gens, qui sont peut-être jaloux de ce que Mike et moi partageons. Ce fut le cas avec Charlton Heston, qui perdit une bonne partie de sa fortune suite à une série de mauvais investissements. C'est triste. Le type devient une grande star en énonçant les dix commandements, et du jour au lendemain voilà qu'il perd tout en investissant dans la chaîne de restaurants Sambo's.

Mike et moi donnerions volontiers tout ce que nous avons en échange d'un peu d'intimité. Nous serions contents d'habiter sous la tente, à faire griller des saucisses au feu de bois sur le lopin que nous avons acheté non loin de Reno. C'est vous dire combien Mike Tyson et moi sommes amoureux. Il est regrettable que notre statut de célébrités ne nous permette pas de célébrer cet amour en public. Depuis que nous avons été repérés main dans la main à un match des Lakers, c'est brutalement devenu l'enfer et la formule « juste bons amis » a cessé de fonctionner. Rien de tout cela ne facilite la procédure du divorce de Mike ni ma séparation d'avec Charlton, qui, dois-je ajouter, exige une sorte de séparation à l'amiable. Pour l'heure, Mike et moi faisons profil bas. C'est atroce, mais il a fallu que nous mettions notre relation en veilleuse.

J'ai accidentellement avalé les fausses dents de Mike Tyson. Je n'y crois pas ! Elles étaient en or, mais ce n'est pas une question d'argent. À nous deux, nous pourrions acheter des dents en or pour tout homme, toute femme et tout enfant ayant les gencives *ad hoc*. Ce n'est pas l'argent qui me tracasse.

Il était tard, et Mike avait ôté ses dents pour la soirée. Il les avait mises dans un gobelet posé à côté de notre lit. Mike pouvait dormir en gardant ses dents, mais croyez-moi, c'était mieux sans. Nous venions juste de finir de faire l'amour, quand j'ai tendu la main pour attraper le verre d'eau, que j'ai bu entièrement, dents comprises. Ce fut déstabilisant. Le problème c'est que Mike avait l'intention de monter ces dents en collier pour nos fiançailles. Il a été courtois et m'a pardonné en disant que ce n'était pas un problème, qu'il allait simplement en faire faire d'autres. Sauf que ces dents étaient spéciales, c'étaient ses premières en or véritable. Celles qui avaient mâché tous les mets exotiques que je lui avais fait découvrir. Les dents que j'avais polies de ma langue lors de nos premiers rendez-vous, les dents qui m'avaient hypnotisé, moi qui étais assis en face de lui à cette table éclairée aux chandelles, les dents qui reflétaient la lueur d'amour qui brillait dans mes yeux. J'ai avalé les dents de Mike Tyson et je l'ai déçu.

Ça fait des jours que j'attends, mais elles ne sont pas encore réapparues. Il faudra bien que tôt ou tard elles sortent, non ? Même si je les retrouve, je ne peux pas attendre de Mike qu'il les remette. Ce devait être un moment important de notre cérémonie de fiançailles. J'étais censé sortir de ma bouche une gourmette incrustée de diamants, gravée à mon nom, que j'avais fait faire, et lui devait sortir de la sienne le collier. Mike a dit : « On ne va pas en faire tout un plat », ce n'était pas non plus comme si ses dents et mon cul n'avaient jamais été en contact. Mais, par principe, ça me contrariait.

Mike Tyson et moi discutions pour savoir quel nom donner au chaton que nous avions acheté. Moi j'aurais spontanément pris un des nombreux chatons qui nous avaient été gracieusement proposés. Tout le monde voulait nous donner des chatons, à Mike et à moi. Je trouvais qu'on aurait aussi bien fait de choisir un de ceux-là, mais Mike a dit non. Il voulait le chaton aperçu dans la vitrine d'une animalerie la semaine précédente, une chatte persane/himalayenne qui avait conquis son cœur. Les boules de poils ne me plaisent pas trop, et celle-ci, avec sa tête aplatie, me faisait penser à la face de raie, là, comment s'appelle-t-elle, la nouvelle petite amie de Bruce, Patty. Mais j'ai dit : « Très bien, Mike. » J'ai dit : « Si tu veux cet hybride persan/himalayen, alors nous la prenons. » J'adore pratiquement tout ce qui est à quatre pattes, alors j'ai dit : « Entendu, comme tu veux. » Je dois tout de même signaler qu'une chatte à poils longs c'est une chose, mais qu'un hybride à poil blanc persan/himalayen baptisé Ti Mah Tou, c'est encore autre chose.

J'avais voulu appeler la petite chatte Sabrina 2. J'avais déjà eu une chatte, ma Sabrina, pendant des années, jusqu'à ce qu'elle meure. J'étais habitué au nom et aux connotations qu'il m'évoquait. Mike quant à lui ne voulait pas démordre du nom Ti Mah Tou, ce qui était injuste de sa part, car, pour commencer, ce n'était pas moi qui voulais d'une boule de poils, et surtout pas d'un blanc qu'il serait difficile de garder propre. Du reste, c'était une relation où chacun était censé faire des compromis. Moi j'avais fait un effort, alors lui aussi pouvait bien en faire, non ?

Dans la voiture, en rentrant de l'animalerie, nous avons commencé à nous disputer. Mike a eu des mots assez durs, et je ne me suis pas laissé marcher sur les pieds. Il conduisait comme un phoque dressé, incapable de tenir sa droite, et ses embardées perpétuelles m'ont donné envie de vomir. Le chaton était sur la banquette arrière, à miauler sans arrêt. Je me suis retourné pour lui dire de se taire, lorsque, du coin de l'œil, j'ai vu Mike brandir le poing. J'ai cru qu'il menaçait un autre conducteur, ou remontait la vitre. Tout s'est passé si vite. J'ai vu son poing brandi, et puis ensuite, je crois bien que je ne l'ai plus vu.

Après qu'il m'a frappé, je suis sorti de la voiture et j'ai continué à pied. Ce n'était pas la première fois que j'en venais aux mains avec un petit ami, il y avait eu Norman Mailer et Peter Jennings, pour ne nommer qu'eux, donc je connais la musique. Sauf que cette fois-ci j'ai tout simplement décampé. Mike m'a suivi. Il est monté avec sa voiture sur le trottoir, mais j'ai continué à marcher, en faisant semblant de ne pas l'avoir remarqué. Alors Mike est sorti de la voiture et s'est mis à me supplier, à me supplier à genoux et à geindre. J'ai porté ma main à la hauteur de mes yeux, comme pour essuyer une partie du sang, et là, mon vieux, je te lui en ai collé une !

Pendant qu'il était dans les pommes, j'ai fait sortir la chatte de la voiture, et je l'ai dégagée plus ou moins à coups de pied, je ne me suis pas gêné. Une boule de poils comme ça n'aura aucun mal à trouver quelqu'un qui l'aimera. Lorsqu'il a repris connaissance, Mike avait oublié tout l'incident. Cela arrive tout le temps – il oublie. Il n'a même pas demandé pourquoi nous étions en sang. Il a dit : « Que s'est-il passé ? » et j'ai répondu : « Tu ne t'en souviens pas ? Tu as parlé de m'acheter un poney. » Et c'est ainsi que nous sommes allés acheter un superbe poney shetland du nom de Sabrina 2. Nous avons cessé de vouloir absolument tout nommer, pour nous consacrer uniquement à notre relation. Nous avons fait plusieurs fois le tour du pâté de maisons sur notre poney, qui grognait sous le poids combiné de notre riche et irrésistible capacité à aimer et à comprendre.

Mike Tyson a commencé à faire le pitre et ça m'a tapé sur les nerfs. Je veux bien fermer les yeux sur un incident de temps en temps, mais Mike a poussé le bouchon. Par exemple, un soir, nous dînions avec Bill et Pat Buckley. Bill et Pat, ça fait des années que je les connais. Nous avions coutume de partir en vacances ensemble (nous adorons tous la voile), et je pense que nous nous comprenons assez bien. Bill et Pat sont mariés selon un accord bien commode qui autorise chacun à avoir des relations sexuelles extramaritales sans que l'autre ne lui en tienne rigueur. J'ai rencontré Bill Buckley à l'époque où il sortait avec Redd Foxx, ce qui remonte à des années.

Pat avait récemment rompu avec Elizabeth Dole et, malheureusement, décidé de transformer les détails sordides de leur rupture en plat principal de notre dîner. C'est une vieille habitude. Dès qu'elle a un verre dans le nez, elle vous raconte tout, sans vous demander votre avis. Si je devais prendre parti dans cette affaire, je crois que je me rangerais aux côtés de Liz Dole, mais Mike n'était pas de cet avis. Nous avions commencé à manger quand Pat s'est mise à évoquer quelques-unes des pratiques sexuelles pour le moins ésotériques de Liz. Quand Bill lui a suggéré de changer de sujet, Mike a pris son élan et lui a allongé un coup de poing, il lui a cassé la mâchoire, d'ailleurs. *A posteriori*, Pat Buckley a remercié Mike Tyson d'avoir cassé la mâchoire de son mari. Elle a dit qu'elle avait passé les quarante dernières années de sa vie à se faire prendre de haut par des types comme Bill Buckley. Alors que fait Mike ? Il invite Pat à s'installer chez nous ! Sauf que moi je sais comment est Pat Buckley, et je ne veux pas qu'elle habite chez nous et fasse venir des nanas louches à n'importe quelle heure de la nuit. Moi, je l'ai vue en action, Pat Buckley. Ses histoires d'alcool, de drogue, je suis au courant de tout ça, alors, en serrant les dents, j'ai dit : « Miiiiikkkkkiiiiii. » Je lui ai donné un coup de pied sous la table, et il m'a rendu la pareille.

Mike Tyson fait une vilaine grimace dans la rubrique « Ceux qui font l'actualité » de *Newsweek* cette semaine, une grimace qui m'est destinée. Je n'ai pas peur mais je suis inquiet. Sur la photo, Mike a la peau cireuse et tavelée. On dirait qu'il s'est roulé dans un cendrier. Notre rupture a été dure pour lui, mais ce n'est pas en allant pleurnicher auprès de la presse que les choses s'arrangeront.

Je suis parti dès que Pat Buckley a emménagé. Je suppose que Mike pensait que je changerais d'avis et que j'accueillerais Pat à bras ouverts dans nos vies. Je suppose que Mike se trompait.

Pat Buckley n'est pas restée longtemps. Elle sortait avec Mackenzie Phillips à l'époque et n'est restée que trois semaines avant de décoller pour Cannes, Rio, ou je ne sais où. En y repensant, je ne peux pas entièrement faire porter le chapeau à Pat Buckley. Mike et moi avions des problèmes avant qu'elle ne débarque, de gros problèmes auxquels il aurait fallu tôt ou tard faire face. Je ne tiens pas du tout à entrer dans les détails de notre relation amoureuse, mais j'aimerais que les choses soient claires et dire que les rumeurs qui courent sur Morley Safer et moi sont infondées. L'accusation de Mike sous-entendant que Morley et moi sommes plus que de bons amis me reste en travers de la gorge.

Le stratagème d'apitoiement sur lui-même que déploie Mike Tyson pour attirer l'attention me reste en travers de la gorge. Le fait qu'il ait laissé entendre que j'aie pu d'une manière ou d'une autre être malhonnête ou hypocrite me reste en travers de la gorge. Contrairement à lui je me fiche bien d'évoquer les aspects déplaisants de notre relation. Je préfère me rappeler la fois où Mike et moi, après avoir terminé une petite partie de cartes, étions assis côte à côte dans de confortables chaises longues. Mike avait pris ma main dans la sienne et commencé, très délicatement, à me caresser les doigts, en les embrassant l'un après l'autre, s'adressant à eux comme à des personnes.

Table

COMPOSITION : NORD COMPO MULTIMÉDIA
7 RUE DE FIVES - 59650 VILLENEUVE-D'ASCQ

CPI
BUSSIÈRE

Cet ouvrage a été imprimé en France par
CPI Bussière
à Saint-Amand-Montrond (Cher)
en avril 2011.
N° d'édition . 104466. - N° d'impression 110201
Dépôt légal mai 2011